Der Pate unter dem Olivenbaum

AF201253

Juergen von Rehberg

Der Pate unter dem Olivenbaum

Bibliografische Information der Deutschen Nationalbibliothek:
Die Deutsche Nationalbibliothek verzeichnet diese
Publikation in der Deutschen Nationalbibliografie;
detaillierte bibliografische Daten sind im Internet
über http://dnb.dnb.de abrufbar.

Herstellung und Verlag: BoD – Books on Demand,
Norderstedt

ISBN: 978-3-7448-7545-5

Das „Zorbas" war wie immer gut besucht. Die Taverne lag in einer kleinen Seitenstraße und war nur schwer zugänglich.

Da die Straße sehr eng war, empfahl es sich etwas weiter weg einen Parkplatz zu suchen. Die Mühe lohnte sich jedoch, denn das „Zorbas" war ein echtes Schmuckkästchen.

Der größte Teil der Gäste bestand aus Stammgästen, die nicht nur aus der Stadt selbst kamen, sondern auch aus der näheren Umgebung.

Sie kamen aus der Wachau, diesseits wie auch jenseits der Donau, und selbst Gäste aus dem angrenzenden Waldviertel scheuten die etwas weitere Anfahrt nicht.

Der Erfolg dieser Taverne war nicht zuletzt auf den Wirt und seiner Helfer zurückzuführen. Miltos, ein waschechter Grieche empfing die Menschen mit größter Freundlichkeit, und er vermittelte jedem Gast das Gefühl von Herzen willkommen zu sein.

Spätestens wenn man den Garten betrat, tauchte man in das Gefühl ein sich in Urlaub zu befinden. Die einschmeichelnde Musik, welche aus einem Lautsprecher drang, vervollkommnete diesen Eindruck.

Erinnerungen an den letzten Griechenlandurlaub bauten sich vor dem inneren Auge auf und der ganze Körper begann sich diesem wohligen Gefühl hinzugeben.

Es war ein schwüler Sommerabend und obwohl es noch hell genug war, brannten schon die ersten kleinen Glühbirnenketten, die im Garten wie Weinranken verwunden waren.

In der Mitte des Gartens, der nicht allzu groß war, stand ein hundertjähriger Olivenbaum und außerdem noch weitere, geschickt verteilte, große Blumentöpfe.

Dadurch, dass die Größe des Gartens überschaubar war, hatte er schon fast einen familiären Charakter. Und genauso fühlten sich auch die Gäste von Miltos, der jeden einzelnen mit Handschlag begrüßte. Für die Damen gab es auch schon einmal ein Küsschen auf die Wange.

Miltos, dem Antlitz nach von einem griechischen Gott abstammend, parfümierte den ganzen Garten mit seinem Charme, und Weiblein wie auch Männlein erlagen ihm gleichermaßen.

Ein nettes Wort hier, eine flüchtige Berührung da, und auch dieser Abend würde für Wirt und Gäste gleichermaßen erfüllend werden.

Im Inneren der Taverne gab es einen gemütlichen Gastraum, der an einem Abend, wie dieser einer war, wohl leer bleiben würde.

„Der Gast am Tisch links hinten möchte dich sprechen."

Spýros, ein entfernter Verwandter von Miltos, der als Kellner bei ihm arbeitete, hatte den Wunsch des Gastes ausgerichtet.

Miltos kannte die Dame nicht. Sie war zum ersten Mal in seiner Taverne. Er hatte ihr Souvláki serviert und ein stilles Wasser dazu.

Sie war schon kurz nach dem Öffnen der Taverne gekommen und hatte sich zielstrebig den Tisch in der hintersten Ecke ausgewählt.

Den Versuch den unbekannten Gast in ein kleines Gespräch zu verwickeln, hatte die Dame gleich abgeblockt.

Umso erstaunter war Miltos jetzt, dass sie um ein Gespräch bat. Er ging hin zu ihr und fragte höflich nach ihrem Wunsch.

„Ich muss Sie dringend sprechen", sagte die Unbekannte.

„Um was geht es denn?", fragte Miltos. *„War mit dem Essen etwas nicht in Ordnung?"*

„Unsinn", antwortete die Dame, *„ich bin Major Herrmann von der Polizeidirektion Wien, und ich muss Sie dienstlich sprechen."*

Während sie das sagte, hielt sie Miltos ihre Kokarde diskret unter dem Tisch entgegen, welche die unbekannte Dame als Kriminalbeamtin auswies.

Miltos erschrak. Er sah sich die Kriminaldienstmarke flüchtig an, denn wirklich damit etwas anfangen konnte er ja nicht.

Er dachte daran, dass das Stück Blech auch aus irgendeinem Kaugummiautomaten stammen könnte und fragte deshalb:

„Haben Sie auch einen richtigen Ausweis?"

Diese Frage kam gar nicht gut bei der Frau Major an. Dennoch sagte sie leicht gereizt:

„Natürlich habe ich einen."

Sie nestelte in der Innentasche ihres Blazers herum, um kurz darauf das gewünschte Papier daraus zu entnehmen.

Dieses reichte sie dann ebenfalls, wie die Dienstmarke zuvor, unter dem Tisch an Miltos mit der Bemerkung:

„Diskret, wenn ich bitten darf; äußerst diskret!"

Miltos betrachtete den Ausweis genauer als das Blechteil zuvor und gab ihn dann wieder zurück. In seinem Kopf ratterte es wie wild.

Er überlegte krampfhaft, wessen Straftat man ihn wohl beschuldigen könnte. Steuerhinterziehung - schoss es ihm durch den Kopf.

Irgendwann hatte es ja einmal passieren müssen. Er kaufte immer einmal wieder Getränke privat, um sie im Geschäft zu verkaufen.

Dafür ließ er manches Mal den Verzehr, welche gut bekannte Gäste machten, nicht über die Kasse laufen. Somit hielt er den Gesamtumsatz niedrig und auch die damit verbundene Umsatzsteuer.

Die Pacht für seine Taverne war nicht gerade gering, und schließlich musste er ja auch von etwas leben.

Da fiel ihm ein, dass er die Küchenhilfe nicht angemeldet hatte. Sie wollte das nicht und Miltos konnte es nur recht sein.

„Das ist doch alles Unsinn", sagte Miltos zu sich selbst, *„diese kleinen Vergehen wären doch sicherlich kein Fall für die Kriminalpolizei."*

Bei dem Gedanken wurde ihm sogleich leichter ums Herz. Aber was wollte diese Frau wirklich?

Was Miltos auffiel, war das Erscheinungs-
bild der Kriminalbeamtin: schwarze Hose, rote
Bluse und ein schwarzer Blazer.

Irgendwie befremdlich. Man kannte ja diese
Berufsgruppe eher aus dem Fernsehen als salopp
daherkommende Menschen. Lederjacke ja; aber
Blazer? War das nicht eine Spur zu elegant?

Miltos, der seine alte Selbstsicherheit wiedergewonnen hatte, beschloss in den Angriff über
zu gehen.

„Was kann ich für Sie tun, Frau Majorin?",
fragte er und schaute der Dame dabei freundlich
ins Gesicht.

„Sind Sie wo angerannt?", zischte die Kriminalbeamtin, *„ich bin undercover unterwegs. Wollen
Sie nicht gleich laut brüllen: Tatütata, die Kieberer
sind da!"*

Miltos erschrak zutiefst. Sein Gesicht ver-
färbte sich dunkelrot und er fühlte die geballten
Blicke, welche die umliegenden Gäste auf ihn gerichtet hielten.

Er blickte sich vorsichtig nach allen Seiten,
um erleichtert festzustellen, dass dies doch nicht
der Fall war.

„Seid ihr Griechen alle so dumm?", setzte die
Frau Major nach, und nach einer kurzen Pause:

„Es heißt nicht Frau Majorin, sondern Frau Major. Ich sage nur Grexit!"

Jetzt fühlte sich Miltos in seiner Ehre gekränkt. Musste er sich das wirklich gefallen lassen? Er hatte zwar den österreichischen Pass, neben dem griechischen natürlich, aber tief drinnen war er Hellene.

In seiner Seele wurlte es gewaltig. Sollte er dieser Dame heldenhaft die Stirn bieten oder wäre es klüger einfach darüber hinweg zu sehen.

Ihm fiel der Spruch eines deutschen Gastes ein, den er einmal von ihm gehört hatte:

„Was juckt es eine deutsche Eiche, wenn sich eine Sau an ihr reibt."

Und was für die deutsche Eiche gut genug ist, das kann man genauso gut für einen griechischen Olivenbaum verwenden.

„Was wollen Sie eigentlich von mir", fragte Miltos, der seine Fassung wiedergewonnen hatte, *„und wie soll ich Sie ansprechen?"*

„Mit <Frau Herrmann> natürlich", antwortete die Frau Major, *„wie denn sonst?"*

„Wie wäre es mit Ihrem Vornamen?", fragte Miltos, *„Sie haben doch einen, oder? Ich heiße übri-*

gens <Miltos>, das ist die Kurzform von <Miltiades>. Den kennen Sie doch sicher, nichtwahr?"

„Ich bin nicht von hier, wie Sie ja wissen", antwortete die Frau Major, *„und ich kenne auch keinen Miltiades. Ist das ein Kollege von Ihnen?"*

Miltos fiel beinahe vom Stuhl, als er das hörte. Wollte die Frau Major ihn provozieren oder war sie einfach nur natur-dumm.

„Miltiades war ein berühmter Feldherr in Griechenland und der Sieger in der Schlacht bei Marathon", erklärte Miltos mit stolzgeschwellter Brust.

Als die Frau Major sich nicht wirklich beeindruckt zeigte, beließ es Miltos dabei und fragte stattdessen noch einmal:

„Also haben Sie jetzt einen Vornamen oder nicht?"

„Natürlich habe ich einen. Jeder Mensch hat einen", antwortete die Frau Major gereizt. Die Sache mit dem griechischen Feldherrn war ihr doch ein wenig peinlich.

„Und wie lautet der?", wollte Miltos nun endlich wissen.

Die Frau Major zögerte einen Augenblick, bevor sie die Frage beantwortete.

„*Ich heiße Mathilda*", sagte sie leise, so als wolle sie nicht, dass jemand anderes das hört.

„*Dann werde ich Sie einfach <Matti> nennen*", sagte Miltos, der an dieser Idee großen Gefallen fand.

„*Das werden Sie tunlichst unterlassen*", sagte die Frau Major aufgebracht, „*Sie nennen mich Frau Herrmann und damit basta!*"

Miltos hatte sich vergeblich bemüht sein Kichern zu unterdrücken.

„*Was gibt es denn da zu kichern?*", fragte die Frau Major.

„*Das wissen Sie nicht?*", sagte Miltos weiterkichernd, und er konnte sich noch immer nicht beruhigen, „*das wissen Sie wirklich nicht?*"

„*Nein, zum Kuckuck*", antwortete die Frau Major, „*nun sagen Sie schon, was Sie dermaßen erheitert.*"

Miltos schaute der Frau Major lange ins Gesicht, bevor er ganz langsam sagte:

„*Frau – Herr – Mann*".

Die Frau Major schaute nun ihrerseits Miltos lange an, bevor sie fragte:

„Na und?"

„Sie verstehen das nicht, habe ich recht?"

„Was verstehe ich nicht?", antwortete die Frau Major und Miltos resignierte augenblicklich.

Anstatt den Versuch zu wagen, der Frau Major das lustige Wortspiel ihres Namens näherzubringen, kam er auf das ursprüngliche Gesprächsthema zurück.

„Verehrte Dame, was hat Sie in mein Lokal geführt und was kann ich für Sie tun?"

„Das kann ich Ihnen nicht sagen", antwortete die Frau Major.

Jetzt drohte Miltos den Verstand zu verlieren. Seine gerade wiedergewonnene Fassung löste sich auf wie der Morgennebel an einem Septembertag.

Und bevor sich Miltos einem drohenden Gefühlsausbruch ergab, erlöste ihn die Frau Major mit den erhellenden Worten:

„Es sind zu viele Leute da. Ich komme wieder, wenn mehr Ruhe herrscht. Sagen Sie mir einfach nur, wann der beste Zeitpunkt dafür ist."

Miltos war sichtlich erleichtert.

„Kommen Sie morgen gegen 13:45 Uhr, weil wir danach von 14:00 bis 18:00 Uhr geschlossen haben. Dann haben wir genügend Zeit und die notwendige Ruhe.“

„Das klingt gut. Jetzt bringen Sie mir bitte die Rechnung!“

„Ich bitte Sie, Frau Herrmann“, sagte Miltos, „Sie sind selbstverständlich mein Gast.“

„Das kommt nicht infrage, ich bin nicht korrumpierbar“, entrüstete sich die Frau Major, „bringen Sie mir sofort die Rechnung. Ich brauche sie für die Spesenabrechnung.“

Miltos tat, wie ihm geheißen. Als er mit der Rechnung an den Tisch zurückkam, hielt er in seiner Hand ein kleines Glas mit einer durchsichtigen Flüssigkeit.

„Ein kleines Wässerchen für die Verdauung“, sagte er und stellte das Glas auf den Tisch.

„Ich mag keinen Wodka“, sagte die Frau Major, „und schon gar nicht, wenn ich im Dienst bin.“

„Das ist kein Wodka“, versuchte sich Miltos zu rechtfertigen.

„Wollen Sie mich auf den Arm nehmen?“, fragte die Frau Major, „Sie haben es doch gerade eben gesagt.“

„*Das stimmt nicht*", antwortete Miltos, bei dem sich gerade eine ordentliche Portion Mut ansammelte, „*ich sagte <kleines Wässerchen> und nicht <Wodka>.*"

„*Also doch*", ereiferte sich die Frau Major, „*jetzt haben Sie es ja selbst gesagt.*"

„*Was habe ich selbst gesagt?*", fragte Miltos und sein Ton nahm deutlich an Schärfe zu. Die Gäste an den umliegenden Tischen waren schon aufmerksam geworden.

Die Frau Major empfand gerade eine unbeschreibliche Freude, konnte sie dem arroganten Griechen seine vorherige Belehrung – den berühmten Feldherrn Miltiades betreffend – jetzt heimzahlen.

„*Mein lieber, griechischer Freund*", begann sie, um nach einer kleinen Pause fortzufahren:

„*Das russische Wort <Wodka> bedeutet im Deutschen <kleines Wässerchen>*".

Miltos brauchte einen Moment, bis er das Gesagte verifizieren konnte. Es war eine liebe Angewohnheit von ihm, seinen Ouzo, das griechische Anis-Destillat als <kleines Wässerchen> zu kredenzen.

„Vielen Dank für die Belehrung", sagte Miltos, hob sodann das Glas in die Höhe, rief laut *„Jamas!"* in die Runde und trank es in einem Zug leer.

„Ich darf mich dann einmal verabschieden", sagte die Frau Major, reichte Miltos die Hand und verließ das Lokal.

Miltos wandte sich wieder seinen Gästen zu und widmete ihnen in gewohnter Manier seine ganze Aufmerksamkeit.

****

Miltos hatte eine schlaflose Nacht hinter sich gebracht. Nicht zu wissen, was die ominöse Kriminalbeamtin von ihm wollte, ließ ihn unruhig sich im Bett hin und her wälzen.

Als er am nächsten Morgen aus seinem Bett stieg, war er noch genauso müde, wie er in der Nacht davor beim Zubettgehen war.

Inzwischen war es kurz nach 14:00 Uhr und die Frau Major war noch immer nicht da.

Er wollte gerade das Haupttor verschließen, als die Frau Major hereinstürmte.

„*Wir hatten 13:45 Uhr ausgemacht*", sagte Miltos vorwurfsvoll, „*und jetzt ist es schon fast 14:30 Uhr.*"

„*Also erstens leben Sie scheinbar nach der Sonnenuhr, denn es ist jetzt genau 14:09, und zweitens sollten Sie für gescheite Parkplätze sorgen, denn ich konnte keinen finden*", sagte der Ankömmling in gereiztem Tonfall.

„*Ich kreise jetzt schon eine gefühlte halbe Stunde und war nahe daran aufzugeben. Zum Glück ist dann einer der Parkenden weggefahren.*"

„*Meine Gäste haben bisher noch immer einen Parkplatz gefunden*", entgegnete Miltos, bereute aber im selben Augenblick diese überflüssige Bemerkung gemacht zu haben, als er sich dem strengen Blick der Frau Major ausgesetzt sah.

Vielleicht war es dann doch nicht so klug, den Tiger noch mehr zu reizen, wenn er schon gereizt ist. Miltos bemühte sich um Wiedergutmachung.

„*Haben Sie schon etwas gegessen, verehrte Frau Herrmann?*", fragte Miltos in honigsüßem Ton, „*wenn nicht, dann kann Ihnen der Koch eine Kleinigkeit herrichten.*"

„*Ich möchte Sie ersuchen mich mit <Frau Major> anzusprechen*", antwortete die Kriminalbeamtin.

„Aber gestern sagten Sie doch..."

Weiter kam Miltos nicht, denn die Frau Major unterbrach ihn abrupt mit der Bemerkung:

„Heute sind wir ja allein und da lege ich großen Wert darauf die Form zu wahren. Wenn wir in Gesellschaft sind, dann natürlich <Frau Herrmann>."

„Die Party geht weiter", dachte Miltos bei sich, und er fragte sich, ob er sich je bei dieser Frau auskennen würde.

„Was jedoch Ihre Frage betrifft", knüpfte die Frau Major wieder an, *„so hatte ich heute noch keine Gelegenheit etwas zu mir zu nehmen. Also ein gescheites Mittagessen wäre nicht von der Hand zu weisen."*

„Und an was hätten Sie gedacht?", fragte Miltos freundlich.

„Ein Wiener Schnitzel wäre genehm, wenn Ihr Koch so etwas überhaupt zustande bringen kann, und dazu einen Erdäpfelsalat; lauwarm natürlich."

„Keine Sorge, Frau Major", antwortete Miltos, *„unser Koch kann das."*

„Dann ist es ja gut."

Miltos ging in die Küche, um seinem Koch, der an und für sich schon Mittagspause hatte, die frohe Botschaft zu übermitteln.

„Das geht nicht, Chef", sagte der Koch, *„Wiener Schnitzel – ja; Erdäpfelsalat – nein!"*

„Aber warum denn nicht?", fragte Miltos in einem leichten Anflug von nahender Verzweiflung. Er wollte erst gar nicht darüber nachdenken, welche Konsequenzen das für ihn haben könnte.

„Weil wir immer nur Reis oder Pommes als Beilage haben", antwortete der Koch wahrheitsgemäß.

„Um Himmels willen", entfuhr es Miltos, *„für was bezahle ich dich denn, wenn du noch nicht einmal einen Erdäpfelsalat machen kannst."*

„Wenn ich nicht gut genug koche, dann kann ich ja gehen", sagte der Koch, der sich in seiner Ehre arg gekränkt sah. Er zog seine Schürze aus und warf sie – als Zeichen seiner Entrüstung – auf den Boden.

„Nein, nein!", rief Miltos mit weit aufgerissenen Augen, die sein ganzes Entsetzen widerspiegelten, *„ich flehe dich an; bitte, tu das nicht!"*

Der Koch erkannte die sich ihm einmalig bietende Chance. Er tat als müsse er darüber nachdenken und sagte dann:

„Aber nur, wenn ich mehr Geld bekomme."

Miltos musste nicht lang überlegen. Er brauchte seinen Koch mehr denn je, und er hätte ihm das Blaue vom Himmle versprochen, nur um ihn zu animieren einen Erdäpfelsalat zuzubereiten.

„Du bekommst mehr Geld; aber nur, wenn du mir den verdammten Erdäpfelsalat machst."

„Wird gemacht, Chef!"

Miltos, in dieser Sekunde um einige Jahre gealtert, ging wieder hinaus zur Frau Major.

Sie saß, wie auch am Tag zuvor, wieder im hintersten Winkel. Sie hatte ihren Laptop vor sich aufgebaut und starrte darauf.

Als Miltos näherkam, klappte sie diesen eilig zu.

„Möchten Sie vielleicht in der Zwischenzeit etwas trinken, bis das Essen kommt?"

„Ja bitte, aber etwas Alkoholfreies. Ich brauche einen klaren Kopf für das, was wir zu besprechen haben."

Miltos wurde neugierig und er fragte:

„Was ist das denn, was wir zu besprechen haben?"

„Jetzt bringen Sie mir erst einmal das Getränk und dann erzählen Sie mir etwas über sich und Ihren Laden."

Diese Antwort schmeckte Miltos nicht wirklich. Es ging also doch um Steuerhinterziehung oder Schwarzarbeit.

Er ging hinein und nützte die Gelegenheit, um den Fortschritt der Bemühungen seines Kochs um einen Erdäpfelsalat zu erkunden. Was er sah, stimmte ihn hoffnungsfroh.

Kurz darauf ging er mit zwei Gläser wieder hinaus. Das eine war gefüllt mit Mineralwasser und das andere mit einer Spezialmischung.

„Du meine Güte, das sieht ja grauslich aus", sagte die Frau Major, als sie den Inhalt von Miltos' Glas näher besah. *„Was ist das denn?"*

„Das ist mein Spezialgetränk", antwortete Miltos, *„frisch ausgepresste Zitronen und Olivenöl."*

„Und warum trinken Sie dieses scheußliche Getränk?", fragte die Frau Major mit einem Gesichtsausdruck, der ihre ganze Ablehnung deutlich wiedergab.

„Das ist gesund; das sollten Sie auch einmal probieren."

Miltos hielt der Frau Major lächelnd sein Glas entgegen.

„Bleiben Sie mir bloß vom Leib damit", sagte die Frau Major und ergriff stattdessen ihr Wasserglas.

„Und nun zu Ihnen", sagte sie nach einem kräftigen Schluck und sah Miltos bedeutungsvoll dabei an.

Die ganze Bedrohung, welche Miltos aus der Stimme von der Frau Major entnahm, stülpte sich über ihn. Seine Kehle schnürte sich zu und sein Mund wurde trocken.

Sein Gegenüber wollte gerade fortfahren, als die Glocke aus der Küche erklang.

„Ihr Essen ist fertig, verehrte Frau Major; ich werde es schnell für Sie holen."

Mit einem <Halleluja> auf den Lippen, stürmte Miltos in die Küche zu seinem Koch. Seine Augen wurden feucht, als er sah, was sein Retter in aller Eile geschaffen hatte:

„Ein Wienerschnitzel mit einer goldbraunen, wellenartigen Panade und einen – fast noch leicht dampfenden – warmen Erdäpfelsalat."

Miltos küsste seinen Koch auf beide Wangen und stammelte immer wieder – noch im Hinausgehen – ein inniges „Danke, danke!"

„Das sieht ja wunderbar aus, mein Lieber", entfuhr es aus dem Mund der überraschten Frau Major, denn eigentlich hatte sie nicht wirklich geglaubt, dass ihr Essenswunsch so wunderschön und so schnell Gestalt annehmen würde.

„Dann lassen Sie es sich gut schmecken", sagte Miltos mit größter Glückseligkeit, *„ich lasse Sie jetzt für eine Weile allein, damit Sie Ihr Essen auch genießen können."*

Miltos ging zurück ins Innere der Taverne. Genauer gesagt suchte er sein Büro auf und schloss hinter sich die Tür ab.

Er griff zum Telefon, wählte die Nummer seines Freundes und Anwaltes, Dr. Habermann und sagte nur:

„Ich brauche dich; ich glaube, ich habe ein Problem!"

****

„Mein Kompliment an die Küche!"

Mit diesem Satz empfing die Frau Major Miltos, der sich nach einigen Momenten der inneren Versammlung wieder dem Feind stellte.

„Ich hätte nicht erwartet, dass ein griechischer Koch die österreichische Küche beherrscht."

Miltos hätte der Frau Major sagen können, dass sein Koch Österreicher ist; er unterließ es aber. Er hatte beschlossen, nur noch das Allernotwendigste mit dieser Frau zu bereden.

„Mein lieber Freund, jetzt wird es Zeit über den eigentlichen Zweck meines Besuches zu sprechen."

„Das denke ich auch", dachte sich Miltos, sagte es aber nicht.

„Wir, das heißt meine Dienststelle hat durch einen V-Mann in Erfahrung gebracht, dass die italienische Mafia einen Verteilerring für Drogen in Ihrer Stadt aufziehen will."

„Und was soll das mit mir zutun haben?", fragte Miltos, sichtlich erleichtert darüber, dass nicht die Finanzpolizei hinter ihm her war.

„Das will ich Ihnen sagen, mein lieber Freund", antwortete die Frau Major, *„wir wissen auch, dass die regelmäßig stattfindenden Treffen*

dieser Verbrecher in einem griechischen Lokal vorgenommen werden sollen."

„Na und?", fragte Miltos.

Die Frau Major sah ihr Vis-à-vis lange an,
bevor sie fragte:

„Wie viele griechische Lokale gibt es in Ihrer
Stadt? Denken Sie einmal genau nach!"

Miltos musste nicht lange nachdenken;
denn er kannte die Antwort.

„Es gibt nur ein griechisches Lokal; mein Lokal", kam es langsam über seine Lippen.

„Der Kandidat hat 100 Punkte", scherzte die
Frau Major und grinste dabei.

Miltos war nach allem zumute, nur nicht
nach scherzen. Ein tiefer Abgrund tat sich gerade
vor ihm auf, der ihn zu verschlingen drohte.

„Und was werden Sie dagegen tun?", fragte
er mit tonloser Stimme.

„Wir, mein Lieber", antwortete die Frau Major, „wir werden gemeinsam etwas dagegen tun."

„Ernennen Sie mich jetzt zum Hilfsscheriff?",
fragte Miltos in einem Anflug von Galgenhumor.

„Wenn Sie so wollen - ja!"

Miltos wollte etwas erwidern, konnte aber nicht. Er war in sich zusammengesunken. Er führte seine Taverne schon einige Jahre, und er liebte sie mehr, als man eine Ehefrau lieben kann.

Und jetzt sollte daraus eine Räuberhöhle werden. Wilde Gedanken schossen gerade durch seinen Kopf. Er erwog für einen kurzen Moment sogar seine Taverne zu schließen.

„Ich sage Ihnen jetzt, worin Ihre Aufgabe besteht", unterbrach die Frau Major Miltos' Gedanken, *„aber zuerst bringen Sie mir noch einen Nachtisch."*

„Möchten Sie etwas Griechisches?", fragte Miltos.

„Meinen Sie das klebrige Zeugs?", fragte die Frau Major, und fügte damit dem Stolz des griechischen Wirtes heftige Würgemale bei. *„Das ist mir viel zu süß!"*

Miltos kaute gerade heftig auf einer potentiellen Antwort herum, als die Frau Major fragte: *„Gibt es vielleicht auch etwas Einheimisches?"*

„Ich hätte da nur noch etwas Afrikanisches", konnte sich Miltos nicht verkneifen zu antworten.

„*Etwas Afrikanisches?*", fragte die Frau Major überrascht und neugierig zugleich.

„*Ja*", antwortete Miltos, „*Mohr im Hemd.*"

Es dauerte eine geraume Weile, bis das Licht im Obergeschoss der Frau Major anging.

„*Das ist gut*", prustete sie vor Lachen, „*das ist wirklich gut.*"

Jetzt musste sogar Miltos lachen, die Frau Major hatte ihn angesteckt.

„*Dann bringen Sie mir die afrikanische Nachspeise; ich liebe <Mohr im Hemd>, und bitte mit viel Schlagobers!*"

Miltos fühlte sich durch dieses verbale <Ping-Pong> irgendwie erleichtert. Er konnte sogar wieder so etwas wie Zuversicht empfinden; vielleicht würde ja alles gar nicht so schlimm sein. Und wer weiß, ob das vermutete Szenario überhaupt Wirklichkeit werden würde.

Der <Mohr im Hemd> hatte gehalten, was er versprochen hatte.

„*Nun aber weiter im Text!*"

Mit diesen Worten ging es in die zweite Runde.

„Wenn das alles stimmt, was Sie mir gesagt haben, mit was muss ich dann rechnen?", fragte Miltos.

„Wie genau das alles ablaufen wird, bleibt abzuwarten", antwortete die Frau Major.

„Gibt es irgendwelche Namen oder Fotografien dieser Leute, die in mein Lokal kommen werden?"

„Weder noch, mein Lieber", antwortete die Frau Major, „aber ich bin mir sicher, Sie werden diese Leute erkennen, wenn sie in Ihr Lokal kommen."

„Und was mache ich dann?", fragte Miltos vorsichtig.

„Sie machen gar nichts. Sie werden diese Herrschaften ganz normal bedienen. Freundlich und zuvorkommend. Und Sie werden Sie beobachten."

„Wie soll das gehen?", fragte Miltos.

„Wir werden versteckte Kameras installieren, und Sie sperren einfach die Ohren auf. Was Sie dann hören, schreiben Sie fein säuberlich auf."

„Werden Sie auch da sein?", fragte Miltos weiter.

„*Wo denken Sie hin?*", sagte die Frau Major, „*das Ganze ist doch eine Undercover-Aktion.*"

„*Verstehe*", bestätigte Miltos, „*und wie kann ich Sie erreichen?*"

„*Hiermit, mein Freund*", antwortete die Frau Major.

Mit diesen Worten zog sie ein Handy aus der Innentasche ihres Blazers. Miltos war aufgefallen, dass sie das gleiche Outfit trug, wie am Tag zuvor.

„*Sie starren mich so an*", sagte die Frau Major, „*stimmt etwas nicht an meiner Kleidung?*"

„*Nein, nein*", beeilte sich Miltos zu antworten, „*mir ist nur aufgefallen, dass Sie dasselbe tragen wie gestern.*"

„*Das ist meine Dienstkleidung: Blazer, Hose und Bluse. Und bevor Sie fragen, ich habe zehn Stück davon.*"

Miltos fühlte sich ertappt. Er hatte sich gefragt, ob es wohl dieselbe Bluse wie am Vortag war. Es war Sommer, es war heiß und schwitzen war angesagt.

„*In verschiedenen Farben?*", fragte Miltos.

„*Was meinen Sie damit?*", antwortete die Frau Major verwirrt.

„*Na die Bluse natürlich*", antwortete Miltos.

„*Nein, alle in Rot*", sagte die Frau Major, „*Rot steht mir einfach am besten; finden Sie nicht auch?*"

„*Doch, doch*", antwortete Miltos, „*Rot steht Ihnen ganz toll!*"

„*Nachdem wir das mit meiner Kleidung hinlänglich geklärt haben, können wir uns jetzt ja wieder dem Wesentlichen widmen.*"

„*Natürlich, Frau Major!*", antwortete Miltos in fast militärischer Manier. Er musste zugeben, dass von dieser Frau etwas ausging, was ihm in hohem Maße imponierte. Und hübsch war sie außerdem.

„*Ich erkläre Ihnen jetzt einmal die Sache mit dem Telefon:*

Wir haben beide ein Prepaid Handy. Meine Rufnummer ist bei Ihnen eingespeichert und umgekehrt. So können wir jederzeit in Verbindung bleiben, ohne dass die Gespräche zurück zu verfolgen sind. Verwenden Sie das Telefon ausschließlich für die Kommunikation mit mir; keine privaten Gespräche!

Haben Sie das verstanden?"

„*Jawohl!*", antwortete Miltos, und wieder im selben militärischen Tonfall wie gerade zuvor.

„*Dann wäre das soweit geklärt*", fuhr die Frau Major fort, „*eines noch: Sie rufen mich nur an, wenn Ihnen etwas verdächtig vorkommt. Ansonsten werde ich mich einmal in der Woche bei Ihnen melden, um sie auf dem neusten ermittlungstechnischen Stand zu halten.*"

Die Frau Major hatte ihre Geldbörse gezückt, um ihre Zahlungsbereitschaft zu dokumentieren.

„*Bringen Sie mir jetzt die Rechnung bitte!*"

„*Verehrte Frau Major*", raspelte Miltos vorsichtig an einem kleinen Stück Süßholz, „*machen Sie mir bitte die große Freude Sie einladen zu dürfen. Sehen Sie es als kleine Geste der Dankbarkeit, dass Sie mich in Ihre Pläne eingeweiht haben, und dass ich ein Teil Ihrer Ermittlung sein darf.*"

„*Wenn Sie mich so lieb darum bitten, Herr Kollege*", antwortete die Frau Major mit einem Augenzwinkern, „*dann muss ich Ihre Einladung wohl annehmen. Und bitte, nennen Sie mich ab sofort <Hilli>, so nennen mich alle meine Freunde.*"

„*Mit dem allergrößten Vergnügen, liebe Hilli*", antwortete der stolze Hellene, „*ich heiße übrigens Miltos.*"

Miltos und Hilli strahlten um die Wette. In diesem Moment war wohl beiden bewusst, dass sie am Beginn einer wunderbaren Freundschaft standen. Miltos hoffte sogar insgeheim, es könnte mehr daraus werden.

Er war in das Innere der Taverne geeilt, um zwei <kleine Wässerchen> zu holen.

„Darauf müssen wir unbedingt anstoßen, liebe Hilli", sagte Miltos und erhob sein Glas.

„Jamas!", rief er begeistert aus und Hilli schloss sich dem an.

„Ich hätte da noch eine kleine Bitte", sagte Hilli, *„könnten Sie mir trotz Ihrer freundlichen Einladung einen Rechnungsbeleg ausstellen? Ich bräuchte ihn für die Spesenabrechnung."*

„Aber natürlich, meine Liebe", antwortete Miltos. Er hätte in diesem Moment größter Wonne jede Bitte seiner Freundin erfüllt; obwohl ihm diese spezielle Bitte ein wenig seltsam vorkam. Aber nur ein klein wenig…

****

Es war knapp eine Woche später, als Miltos in der Tageszeitung folgende Meldung las:

„Zwei jugendliche Türken wurden aus der Donau tot geborgen. Die Polizei vermutet, dass es sich um Mitglieder der Drogenszene handelt."

Miltos wurde schwummrig vor Augen. Eine tiefe Ohnmacht klopfte an seinen Körper, und Miltos hatte große Mühe sie draußen zu halten.

Er ergriff mit zittrigen Händen sein Prepaid Handy, um Hilli zu kontaktieren. Nur wenig später hörte er eine aufgebrachte Stimme, die fragte:

„Wieso rufst du mich an? Habe ich dir nicht gesagt, dass du das Handy nur benützen sollst, wenn etwas vorgefallen ist?"

„Aber es ist doch etwas vorgefallen", versuchte sich Miltos zu rechtfertigen, *„ich sage nur <zwei tote Türken in der Donau – und Drogenszene>."*

„Das ist doch Quatsch", antwortete Hilli, *„das waren zwei dumme, besoffene Kanaken, die nicht schwimmen konnten und in die Donau gefallen sind."*

„Und was ist mit dem polizeilichen Hinweis auf die Drogenszene?", legte Miltos nach.

„Heiße Luft eines Möchtegern-Reporters."

„Ist das wirklich wahr?", fragte Miltos vorsichtig.

„Natürlich", antwortete Hilli, *„oder glaubst du, ich lüge dich an?"*

Und noch bevor Miltos darauf antworten konnte, sagte Hilli:

„Wenn du kein Vertrauen mehr zu mir hast, dann lassen wir die ganze Sache besser sein. In dem Fall werde ich der Direktion Meldung machen und bitten, dass man mich von dem Fall abzieht."

„Nein, bitte nicht", sagte Miltos beinahe flehentlich, *„so habe ich das doch nicht gemeint."*

„Dann ist es ja gut", kam die erlösende Antwort von Hilli, *„dann beenden wir das Gespräch an dieser Stelle."*

„Warte bitte noch einen Moment", sagte Miltos. Ihm war aufgefallen, dass Hilli ihn geduzt hatte.

„Sind wir jetzt per DU?", fragte er zaghaft.

Es dauerte einen kleinen Augenblick, bis Hilli antwortete.

„Das ist mir im Eifer des Gefechts so herausgerutscht; Entschuldigung!"

„Nein, nein", wandte Miltos umgehend ein, „wir können gern dabei bleiben; aber nur, wenn es Ihnen recht ist."

„Von mir aus", brummte Hilli, „ich melde mich wieder."

Miltos hätte gern noch seiner Freude über das vertraute DU Ausdruck verliehen; aber die Freundin hatte bereits aufgelegt.

Eine Sache beschäftigte ihn schon mehrere Tage, und er hätte Hilli gern darauf angesprochen. Aber nach diesem Vorfall hatte er nicht den Mut sie erneut anzurufen.

Es ging um die optische Überwachung seiner Taverne. Also ging er selbst eine Kamera besorgen, die er geschickt in seinem Garten hinter Blattwerk platzierte.

In seinem Büro hatte er einen Computer stehen, auf den die Bilder aus dem Garten übertragen und auf einer Festplatte gespeichert wurden.

Es vergingen mehrere Wochen und nichts geschah. Hilli rief, wie besprochen, einmal in der Woche an, um Informationen auszutauschen.

Diese bezogen sich jedoch zurzeit nur auf Fragen des persönlichen Wohlbefindens der beiden.

Das änderte sich jedoch genau am 13. Juli. War Miltos bis zu diesem Tag nicht abergläubisch, so sollte sich das schlagartig ändern.

****

„Taverne Zorbas, guten Tag, was kann ich für Sie tun?"

Miltos meldete sich – wie es seine Natur und sein Geschäftssinn waren – mit aller Freundlichkeit, um eine potentielle Tischbestellung entgegenzunehmen.

„Buongiorno! Mein Name ist Luigi Pecorino. Ich möchte die Geburtstagsfeier meiner Tochter Maria-Anna bei Ihnen ausrichten. Wir sind 40 Personen, und wir möchten gern unter uns sein.

Ich möchte Ihr gesamtes Lokal mieten und ich zahle so ziemlich jeden Preis. Wäre das möglich?"

Miltos schwankte. Da war auf der einen Seite die Aussicht auf schnell und leicht verdientes Geld, und auf der anderen Seite die Gewissheit, dass dieses wohl die avisierte Mafia sei.

Würde er ablehnen, ginge ihm ein kleines Vermögen verloren. Der Anrufer hatte sich ja bereit erklärt jeden Preis zu bezahlen. Also fast jeden Preis.

Würde er auf das verlockende Angebot eingehen, dann hätte er eine Laus im Pelz, die er sich andererseits ja irgendwann ja doch einfangen würde.

„Und wann sollte die Feier stattfinden?", fragte Miltos.

„In drei Wochen, am 3. August."

„Der Termin ginge in Ordnung", sagte Miltos, *„es wäre da nur noch die Bezahlung zu klären und was Sie essen und trinken wollen."*

„Das ist kein Problem", antwortete der Anrufer, *„ich komme morgen bei Ihnen vorbei und gebe Ihnen eine Anzahlung."*

Das klang wie Musik in Miltos' Ohren.

„Wünschen Sie vielleicht auch Unterhaltung?", fragte Miltos, *„ich habe eine griechische Gruppe an der Hand, die Folklore mit Musik und Tanz aufführt."*

„Ein bisschen Balalaika und Tanz können nicht schaden", antwortete Signore Pecorino, *„das nehmen wir."*

„Vielen Dank und bis morgen!"

Miltos legte auf, in dem Bewusstsein, das Richtige getan zu haben.

****

„Es ist so weit, sie kommen!"

Mit diesen gewichtigen Worten wollte Miltos seine Freundin Hilli von dem bevorstehenden Ereignis in Kenntnis setzen.

„Was heißt das?", fragte Hilli, *„ich bitte um präzise Angaben."*

„Die Mafia kommt!", flüsterte Miltos.

„Rede lauter, ich verstehe kein Wort."

Miltos hielt die Hand schützend vor sein Handy und wiederholte die wichtige Botschaft.

„Die Mafia kommt!"

Es folgte betretenes Schweigen.

„Bist du noch dran?", fragte Miltos.

„Aber ja doch; ich muss nur nachdenken."

Miltos fühlte eine heftige Erregung in sich aufsteigen. So ähnlich müsste sich auch James Bond fühlen, wenn ein kniffliger Auftrag bevorstehen würde.

„Wir machen alles, wie besprochen", kam endlich die erwartete Antwort, *„du nimmst alles auf. Und noch etwas: Ganz normal verhalten und lächeln. Lächeln ist wichtig."*

„Mache ich, Hilli", antwortete Miltos, *„du kannst dich voll auf mich verlassen."*

„Das will ich hoffen, mein Lieber", antwortete Hilli, *„es hängt viel davon ab, was du in Erfahrung bringen kannst. Also verdirb es nicht!"*

„Keinesfalls", antwortete Miltos und dann fragte er ganz zaghaft:

„Kannst du nicht doch dabei sein? Wir könnten dich als Kellner verkleiden."

„Hast du den Verstand verloren?", fragte Hilli und ihre Stimme klang schon fast ein wenig hysterisch, *„ich bin Major der Polizei und kein Faschingsclown!"*

„Entschuldige bitte!", sagte Miltos, *„das war gerade ein wenig ungeschickt."*

„Ein wenig?", fragte Hilli, „das war ein absolutes <No Go>!"

Miltos ärgerte sich über sich selbst. Was war nur gerade in ihn gefahren? Er hatte sich benommen wie ein Kleinkind, das Angst vor dem <Schwarzen Mann> hat.

„Sei mir bitte nicht böse", bemühte er sich um Schadensbegrenzung, *„ich bin nur ein wenig aufgeregt."*

„Das verstehe ich, mein Freund", antwortete Hilli mit sanfter Stimme, und Miltos war, als würde gerade eine heilende Salbe auf seine wunde Seele aufgetragen.

„Ich danke dir, du wunderbare Freundin, dass du so viel Verständnis für mich hast. Deine Empathie tut mir wohl."

Miltos erschrak. Hatte er das gerade eben wirklich gesagt. War dieses schwülstige Gesülze tatsächlich aus seinem Mund gekommen?

„Also halt die Ohren steif, mein Freund; bis die Tage!"

Hilli hatte aufgelegt und einen völlig verunsicherten Miltos zurückgelassen.

****

Der 3. August war ein warmer Sommerabend, wie man ihn sich schöner nicht vorstellen kann.

Luigi Pecorino hatte – wie schon telefonisch vereinbart – eine ordentliche Summe als Anzahlung hinterlegt. Sie würde schon vor Beginn der Feier die bevorstehenden Kosten abdecken.

Miltos hatte den Garten wunderschön hergerichtet. Er hatte die vielen kleinen Tische in kleinere Reihen zusammengefasst und einen Extratisch für die Geschenke hergerichtet.

Die Folkloregruppe war schon früher gekommen, um ihren Soundcheck durchzuführen.

Miltos hatte noch zusätzliches Personal besorgt, damit alles reibungslos vonstattengehen konnte.

Nun saß er in seinem Büro, um die Funktion der Kamera zu überprüfen. Alles schien in bester Ordnung.

Wenig später war es dann so weit. Miltos begrüßte die ersten Gäste.

Es fiel ihm auf, dass die Festgesellschaft überwiegend aus Männern bestand. Es waren gleichermaßen ältere als auch jüngere Männer.

Das Geburtstagskind Maria-Anna war eine rechte Augenweide. Eine sympathische, junge, lebensfrohe Frau.

Eine ältere Dame mit einem gütigen Gesicht, mit leicht feuchten Augen, stand neben einem Mann, der im Rollstuhl saß.

Ein von der Sonne gegerbtes Gesicht mit tiefen Furchen und wachen Augen, die alles im Blick hatten, verfolgte aufmerksam das muntere Geschehen.

Seine rechte Hand hielt einen Stock mit einem Silberknauf, welcher die Form einer – zum Sprung bereiten – Raubkatze hatte.

„Eine interessante Persönlichkeit", dachte sich Miltos, und er hätte nur zu gern mehr über diesen Mann gewusst.

Da kam ihm der Zufall zu Hilfe. Eine etwas dicklichere Frau, welche neben ihm stand, stieß ihn an und sagte:

„Eine tolle Feier, finden Sie nicht auch?"

„Da kann ich Ihnen nicht widersprechen", antwortete Miltos schmunzelnd.

„Zu welchem Zweig der Verwandtschaft gehören Sie denn?", fragte die Dame weiter.

„*Zu gar keinem*", antwortete Miltos, „*ich bin der Wirt.*"

„*Ach so*", antwortete die Dame, welche wohl ihrer Erscheinung und ihrem Sprachklang nach keine Italienerin war, „*da habe ich mich wohl geirrt; Entschuldigung!*"

„*Das macht doch nichts*", sagte Miltos und ergriff die sich ihm bietende Gelegenheit seine Neugier zu befriedigen.

„*Können Sie mir sagen, wer diese imposante Erscheinung im Rollstuhl ist?*"

„*Natürlich*", kam prompt die Antwort, „*den kennt doch jeder. Das ist Don Frascati, der Großonkel von Maria-Anna.*"

„*Und der Pate*", ergänzte eine weitere Dame, welche ebenfalls neben Miltos stand.

Das Blut in Miltos' Adern begann sich dem Gefrierpunkt zu nähern. Er hatte mitten in das Wespennest gestochen.

Und als ob der Pate das bemerkt hätte, winkte er Miltos zu sich.

„*Tutto è buono, grazie!*"

Und als ob das nicht schon genug gewesen wäre, tätschelte der Pate auch noch Miltos' Wange.

Miltos stand wie versteinert vor dem Mann mit dem Ledergesicht, und er vermochte sich seinem Blick nicht zu entziehen.

„Warum habe ich mich nur auf diese Sache eingelassen?", fragte sich Miltos, *„ich bin doch noch viel zu jung zum Sterben."*

Er sah sich schon in Gedanken auf dem Grund der Donau mit einbetonierten Füßen, wie man das von Kinofilmen kennt.

„Chef, wir brauchen noch mehr Wein!"

Es war Spýros, der Verwandte und Kellner, der Miltos aus seiner Gefrierstarre herausholte.

„Guter, alter Spýros", dachte sich Miltos und er antwortete:

„Kein Problem, ich komme sofort!"

Miltos ging in den Keller, um Nachschub zu holen. Das Fest verlief prächtig und die Gäste sprachen Speis und Trank freudig und in großen Mengen zu.

Die Aussicht auf einen mächtigen Profit vermochte noch nicht einmal annähernd die Angst aufzuwiegen, die immer mehr Raum im Herzen von Miltos einnahm.

Er hörte die frohe Musik, welche von oben zu ihm hinunterdrang und anstatt sich ihrer zu erfreuen, setzte er sich neben das Weinregal und begann zu weinen.

****

„Ich kann es kaum erwarten, was du mir zu berichten hast."

Hilli, vulgo Frau Major Mathilde Herrmann von der Polizeidirektion Wien, in geheimer Mission unterwegs, sah Miltos erwartungsvoll an.

„Ich habe ihn persönlich gesehen und ge-sprochen", sagte Miltos, fern jeder Begeisterung.

„Wen hast du gesehen und gesprochen?", fragte Hilli aufgeregt.

„Den Paten."

„Waas?"

Hilli war aufgesprungen.

„Mach keine Witze", sagte sie, *„ist das wirklich wahr?"*

„So wahr, wie ich hier sitze", antwortete Miltos.

„Und weißt du auch, wie er heißt?", fragte Hilli mit hoch rotem Kopf. Ihr Blutdruck war sichtlich in die Höhe geschossen.

„Don Frascati."

„Das ist großartig", stieß Hilli hervor, *„da hast du einen richtig guten Job gemacht. In Wien wird man Augen machen, wenn ich das berichte. Und ich könnte mir vorstellen, dass man dir eine Medaille oder gar einen Orden dafür überreicht."*

„Meinst du?", sagte Miltos, dessen Freude sich gerade sehr in Grenzen hielt.

„Ganz sicher sogar, mein Lieber", entgegnete Hilli, *„ich werde auch einen entsprechenden Bericht schreiben."*

„Das ist sehr lieb von dir", bedankte sich Miltos mit tonloser Stimme. So sehr er sich bemühte, er konnte sich einfach nicht freuen. Und das ging schon seit Tagen so. Genauer gesagt, seit jener ominösen Geburtstagsfeier.

„Lass uns jetzt gemeinsam den Film anschauen."

„Welchen Film?", fragte Miltos.

„*Na den von der Überwachungskamera natürlich*", sagte Hilli und sah ihren Freund fragend dabei an.

„*Was ist los mit dir*", fragte sie, „*du bist ja völlig neben der Spur?*"

„*Ich weiß auch nicht*", antwortete Miltos, „*ich glaube, das ist alles eine Nummer zu groß für mich.*"

„*Unsinn*", sagte Hilli, „*du machst das großartig. Und schließlich bin ich ja auch noch da.*"

Miltos lächelte ein wenig. Was Hilli gerade gesagt hatte, tat ihm wohl. Es drängte ihn in diesem Augenblick seine geliebte Freundin zu umarmen und sie zu herzen. Er unterließ es aber.

Stattdessen ging er mit Hilli in sein Büro, um die Aufnahmen am Computer zu sichten. Aber was war das?

Das Eintreffen der Gäste wurde noch in guter Bildqualität widergegeben; aber etwas später herrschte dunkle Finsternis auf dem Bildschirm.

Miltos eilte hinaus zu der Kamera, um sie zu überprüfen. Und da fand er auch die Ursache für den Bildausfall. Die kleine Antenne, über welche per Funk die Bilder an den Computer übermittelt werden, hatte sich gelockert.

Es geschah vermutlich durch eine Erschütterung. Vielleicht waren herumtollende Kinder die Ursache dafür.

„Das ist eine Katastrophe", rief Hilli, *„das ganze Beweismaterial ist zerstört. Ich fasse es nicht."*

„Es tut mir leid, liebe Hilli; es tut mir wirklich leid", versuchte Miltos seine Freundin zu beschwichtigen.

„Es tut dir leid, es tut dir leid", zischte Hilli, *„dafür kann ich mir nichts kaufen. Wer weiß, wann wir den Paten wieder zu Gesicht bekommen werden."*

„Ich kann doch aber nichts dafür", entschuldigte sich Miltos, dem die rüde Art Hillis gerade arg zusetzte.

„Ist schon gut", antwortete Hilli, die sich bewusstgeworden war, dass sie mit ihrer Reaktion dem Freund gegenüber leicht über das Ziel hinausgeschossen war.

„Hast du noch andere Namen aufschnappen können?", fragte Hilli in einem etwas ruhigeren Ton.

„Oh ja, einen noch", antwortete Miltos. *„da war ein junger Mann, dessen Namen ich einige Male gehört habe."*

Miltos erinnerte sich daran, dass der besagte Mann in einen heftigen Disput mit einem anderen, älteren Mann verwickelt war, und dass in dessen Verlauf ein paar Mal sein Name gefallen war.

„Und wie heißt der Mann?", fragte Hilli völlig aufgeregt.

„Ich glaube <Stronzo> oder so ähnlich."

Hilli verdrehte ihre Augen und stöhnte laut hörbar auf.

„Warum stöhnst du denn?", fragte Miltos.

„Weil <Stronzo> kein Vorname ist, sondern ein italienisches Schimpfwort."

„Und was heißt das?", wollte Miltos wissen.

„Arschloch", kam die knappe Antwort.

„Warum beschimpfst du mich jetzt?", fragte Miltos, *„das war echt gemein von dir."*

„Ich habe dich nicht beschimpft", antwortete Hilli, *„Arschloch ist die deutsche Übersetzung für <Stronzo>; hast du das jetzt verstanden?"*

„Ja", antwortete Miltos kleinlaut.

„Dann ist es ja gut. Hast du sonst noch etwas beobachten können? Gab es viele Geschenke für das Geburtstagskind?"

„Sehr viele sogar", antwortete Miltos, „ich hatte extra einen kleinen Tisch dafür vorbereitet."

„Und was waren das für Geschenke?"

„Das war irgendwie komisch", antwortete Miltos, „die sahen alle gleich aus."

„Was meinst du damit?"

„Alle Gäste gratulierten Maria-Anna und übergaben ihr ein kleines Päckchen, das sie dann auf das kleine Tischchen legte."

„Das ist es", rief Hilli begeistert und klopfte dabei mit der Faust auf den Tisch.

„Was ist was?", fragte Miltos verwirrt und erschrocken zugleich.

„Das ist völlig abgedreht und einfach nur genial."

„Was denn?", fragte Miltos ungeduldig, „nun sag schon!"

„Die Übergabe des Stoffs."

Miltos blickte Hilli verständnislos an.

„Verstehst du denn nicht?", fragte Hilli.

„Nicht wirklich", antwortete Miltos unsicher.

„Koks, Shit, Ecstasy, Crystal Meth", zählte Hilli in großer Erregung auf, *„alles Drogen und direkt vor unserer Nase."*

Miltos' Augen wurden immer größer.

„Bist du dir sicher?", fragte er.

„Hundertprozentig", antworte Hilli, *„in jedem dieser Päckchen waren Eintrittskarten für einen ordentlichen Trip.*

Da lag ein riesiges Vermögen auf dem Tisch, und wenn deine Kamera nicht versagt hätte, dann wäre der Fall jetzt gelöst und die Spaghettis säßen hinter Gitter."

Miltos hätte in diesem Moment alles dafür gegeben, wenn der Spuk vorüber gewesen wäre; aber die vermaledeite Kamera...

„Und was machen wir jetzt?", fragte er Hilli.

„Ganz einfach", antwortete Hilli, *„wir machen weiter. Und du kümmerst dich darum, dass die Kamera beim nächsten Mal nicht wieder ausfällt."*

Miltos nickte gottergeben. Dann sagte er:

„Ich möchte eine Waffe haben!"

„Bist du verrückt?", kam es entsetzt aus Hillis Mund. „Ich kann dir doch keine Waffe besorgen."

„Und warum nicht?", fragte Miltos trotzig.

„Weil das nicht geht und weil es verboten ist", antwortete Hilli, „und außerdem ist es gefährlich."

„Ich würde mich aber sicherer fühlen."

„Trotzdem; es geht nicht. Hast du schon überhaupt einmal geschossen?", fragte Hilli.

„Schon oft", antwortete Miltos, „auf dem Jahrmarkt."

Hilli musste laut lachen.

„Das ist keine richtige Waffe", sagte sie, „das ist ein Spatzengewehr."

„Wenn du mir keine Pistole besorgst, dann mache ich das selber."

„Ich werde dich nicht daran hindern", sagte Hilli, „aber denke daran, dass du dich damit strafbar machen wirst."

„Das ist mir ganz egal", sagte Miltos. „Bei mir spaziert ein Pate und wer weiß was noch für ein

Verbrechergesindel aus und ein, und ich soll mich noch nicht einmal schützen dürfen?"

„Ich verstehe dich ja", versuchte Hilli den Freund zu beruhigen, der augenblicklich ziemlich angespannt schien.

„Wenn du diese Leute einfach nur freundlich bewirtest und dich sonst um nichts weiter kümmerst, dann kann dir auch nichts geschehen."

Miltos gab sich mit dieser Ansage zufrieden, und nach einer weiteren halben Stunde machte sich Hilli wieder auf den Weg.

Als Hilli gegangen war, fiel Miltos urplötzlich ein, dass ihn der Vater des Geburtstagskindes darum gebeten hatte einen Fotografen für die Feier zu besorgen.

Die Bilder bzw. die Speicherkarte aus dem Fotoapparat müssten ja noch in dessen Besitz sein. Und da er die Adresse dieses Mannes kannte, eröffneten sich für Miltos ungeahnte Möglichkeiten.

Ihm war durchaus klar, dass diese Idee Dynamit war, und dass er daher unbedingt eine Waffe brauchte.

****

„*Wie geht es euch?*", fragte Miltos die beiden Gäste, die gerade an einem Tisch Platz genommen hatten.

Es waren Xenia und Peter, Stammgäste in der Taverne und liebe Freunde.

„*Uns geht es gut*", antwortete Xenia, eine Landsfrau von Miltos, „*aber wie geht es dir? Du siehst ein wenig blass aus.*"

Miltos zögerte einen Augenblick, bevor er auf die Frage der Freundin antwortete. Sowohl Xenia als auch Peter gehörten zu den Freunden, zu welchen Miltos größtes Vertrauen hatte.

Er kannte Xenia von Kindesbeinen an. Sie wohnte im Nachbarhaus seiner Eltern, und ein wunderbarer Zufall hatte sie – nach Jahrzehnten – in der neuen Heimat wieder zusammengeführt.

„*Dich bedrückt doch etwas, Miltos*", sagte Xenia, „*ich spüre es ganz deutlich.*"

„*Es ist immer wieder überraschend für mich, wie gut du mich kennst*", antwortete Miltos mit einem feinen Lächeln.

„*Dann erzähle jetzt, was dich bedrückt*", sagte Xenia, „*und du wirst sehen, um wie viel leichter es dir hinterher ist.*"

Und dann erzählte Miltos von seiner Tätigkeit als „Hilfsscheriff" und von seiner Begegnung mit einem echten Paten der Mafia.

„Das ist ja Wahnsinn", kam es spontan aus Xenias Mund, „auf was hast du dich da nur eingelassen?"

Miltos zuckte mit den Schultern, denn eine Antwort auf Xenias Frage hatte er nicht.

Nach einem Moment des gemeinsamen Schweigens, kam Miltos auf eine Idee. Er wandte sich an Peter mit der Frage:

„Du warst doch vor deiner Pensionierung beim Zoll; stimmt doch, oder?"

„Ja", antwortete Peter, „wieso fragst du mich das?"

„Dann hast du doch sicher noch eine Waffe zuhause, oder?"

„Ich habe noch eine alte <Walther P 38> zuhause", antwortete Peter, „aber mir ist noch immer unklar, warum du mich das fragst."

„Weil ich dich fragen wollte, ob du mir sie überlassen kannst", antwortete Miltos.

„Auf gar keinen Fall", kam die prompte Antwort von Peter.

„Und warum nicht?", bohrte Miltos weiter.

„Weil ich mich damit strafbar machen würde, mein Lieber", antwortete Peter.

„Für was bräuchtest du denn die Waffe?", mischte sich jetzt Xenia ein.

„Zu meinem persönlichen Schutz", antwortete Miltos, *„mit der Mafia ist nicht zu spaßen."*

„Du spinnst", sagte Xenia, *„ich glaube, du hast zu viele James-Bond-Filme gesehen."*

„Ihr nehmt mich nicht ernst", sagte Miltos zutiefst beleidigt, *„ihr seid echte Freunde; wahrscheinlich glaubt ihr mir noch nicht einmal meine Geschichte."*

„Da könntest du recht haben", kam die ehrliche Antwort von Peter. Das breite Grinsen, welches die Worte begleitet hatte, war Veranlassung für Miltos aufzustehen und empört davon zu rauschen.

„Das hättest du nicht sagen sollen", sagte Xenia mit leichtem Vorwurf, *„wir sind doch schließlich Freunde."*

„Glaubst du ihm etwa diese Geschichte?", fragte Peter.

„Natürlich nicht", antwortete Xenia, *„Miltos hatte schon als Kind eine blühende Fantasie."*

„*Na siehst du*", bestätigte Peter Xenias Antwort, „*das sind alles Hirngespinste dieses verrückten Griechen.*"

„*Pass auf, was du sagst*", erwiderte Xenia, „*du weißt, ich bin Griechin; ich sage nur <Lysistrata>.*"

****

Miltos hatte sich inzwischen anderweitig eine Waffe besorgt.

Spýros kannte jemanden, der jemanden kannte, und der besorgte von einem Freund, der wieder jemand anderen kannte, eine alte Waffe aus dem 2. Weltkrieg.

Wenn er sich nach der Arbeit zum Schlafen niederlegte, schob er die Waffe unter sein Kopfkissen, um jederzeit darauf zugreifen zu können, wenn es die Situation erfordern würde.

Obwohl dies schon leicht paranoide Züge aufwies, ließ er sich von niemand davon abbringen. Und tatsächlich trat schon bald eine solche Situation ein.

Es war gegen 01:30 Uhr in der Nacht, als Miltos verdächtige Geräusche wahrnahm. Ohne zu zögern nahm er seine Waffe und verließ sein Bett.

Das Geräusch kam eindeutig aus dem Schankraum der Taverne.

„Jetzt nur nicht nervös werden", sagte Miltos zu sich selbst und stieg langsam die Treppe hinunter. Als er den Schankraum betrat, wurde er einer Gestalt gewahr.

„Hände hoch und nicht bewegen!", rief er mit fester Stimme. Er war in diesem Augenblick sehr froh darüber, dass er diesen speziellen Satz schon mehrmals vor dem Spiegel geübt hatte.

Er war sich vollkommen darüber bewusst, dass diese Phase der Täterbekämpfung wesentlich war. Seine Stimme durfte nicht den Hauch von Unsicherheit oder Zweifel in sich bergen.

Der gestellte Verbrecher musste spüren, dass sein Gegenüber entschlossen war und die Situation vollkommen im Griff hatte.

Dann geschah etwas Unerwartetes. Der Eindringling kam der Aufforderung von Miltos nicht nach. Schlimmer noch, er drehte sich um.

„Hände hoch oder ich schieße!", rief Miltos in tiefster Verzweiflung. Er hatte nicht damit gerechnet, dass der gestellte Verbrecher seiner Aufforderung nicht nachkommen würde.

Aber es war ja nicht irgendein kleines Würstchen, mit dem es Miltos zu tun hatte; es war schließlich ein Mitglied der Mafia. Dass dies der Fall wäre, stand für Miltos außer Frage.

In völliger Panik betätigte Miltos den Abzug seiner Waffe. Aber anstatt eines lauten Knalls, hörte Miltos lediglich ein leises <Klick>. Miltos betätigte mehrmals den Abzug hintereinander; aber es kam immer wieder dasselbe Geräusch: Klick.

„Was machst du denn da?", erklang plötzlich eine Miltos wohl vertraute Stimme.

Miltos ging zum Lichtschalter und machte das Licht an. Was bzw. wen er da sah, brachte ihn einer Ohnmacht nahe. Es war Spýros, der vor dem Schanktisch stand und eine Flasche in der Hand hielt.

„Du Hornochse", schrie Miltos und seine Stimme überschlug sich dabei, *„du elender Hornochse; um ein Haar hätte ich dich erschossen."*

Spýros lachte und brachte seinen Chef dadurch fast zur Weißglut. Miltos hatte schon die Hand mit dem Revolver erhoben, um ihn nach Spýros zu schleudern.

Er konnte sich nur mit aller Macht zurückhalten. Das Blut hämmerte wie wild in seinen Schläfen.

„Ganz ruhig, Chef", sagte Spýros, *„es ist doch gar nichts passiert."*

Miltos hatte sich auf einen Stuhl gesetzt und atmete mehrmals tief ein und aus. Sein Gesicht war schweißbedeckt. Er schaute seinen Vasallen an, der vor ihm stand, wie ein kleines, unschuldiges Kind.

„Was treibst du hier überhaupt?", fragte er Spýros, nachdem er wieder normal atmen konnte.

„Ich habe mir nur eine Flasche Ouzo geholt", antwortete Spýros und fuhr fort:

„Weißt du nicht mehr, du hast mir das doch vor langer Zeit erlaubt?", sagte Spýros und seine Augen waren weit geöffnet, aus Angst, sein Chef würde sich nicht daran erinnern. *„Du hast mir sogar einen eigenen Schlüssel gegeben."*

„Natürlich weiß ich das noch", antwortete Miltos, *„aber wieso mitten in der Nacht?"*

„Angeliki ist mit ihrer Familie zu Besuch gekommen. Wir haben uns sechs Jahre lang nicht mehr gesehen. Und da haben wir gefeiert. Ihr Mann Jannis ist ein Schluckspecht, und dann ging der Ouzo aus..."

Miltos erinnerte sich an Angeliki, die Schwester von Spýros, und an ihren Mann Jannis. So sehr er die Schwester von Spýros mochte, sein Schwager war ihm zuwider.

„Ist dir bewusst, dass ich dich hätte erschie-ßen können?", kam Miltos auf das Geschehene zu-rück.

„Auf keinen Fall, Chef", antwortete Spýros lachend, *„das Ding ist uralt und schon verrostet. Damit kannst du keinen einzigen Schuss mehr ab-feuern."*

„Bist du wahnsinnig", platzte es aus Miltos heraus, dessen Stimme wieder den alten Klang von zuvor angenommen hatte, *„wie konntest du mir einen solchen Mist andrehen?"*

„Weil ich Angst hatte, du könntest etwas Un-rechtes damit anstellen", kam die liebevolle Ant-wort von Spýros.

In Miltos prallten gerade zwei Gefühle auf-einander. Das eine wutdurchzogen und das andere von Rührung geprägt, dass sein treuer Bedienste-ter sich Sorgen um ihn gemacht hatte.

Der Kampf war noch in der Schwebe, als Miltos nachsetzte:

„Und was wäre passiert, wenn der Eindring-ling nicht du, sondern ein Mafioso gewesen wäre?"

„Was für ein Mafioso?", fragte Spýros, und Miltos erschrak, weil ihm bewusstwurde, dass er sich gerade verplappert hatte.

„Das habe ich nur so daher gesagt", versuchte sich Miltos herauszuwinden.

Spýros, der sich darüber kränkte, dass er gerade als <Eindringling> bezeichnet worden war, setzte nach.

„Du hast ein dunkles Geheimnis, Chef", sagte er mit ernster Miene, *„ich spüre das ganz deutlich."*

Miltos überlegte, wie lange Spýros schon bei ihm arbeitete. Es waren wohl an die vier Jahre. In dieser Zeit hatte Miltos nie Grund zu klagen.

Spýros war verlässlich, treu und er war loyal. Alles Eigenschaften, welche einen Menschen zu etwas Besonderem machten. Und ein Verwandter war er ja auch noch.

„Du bist ein guter Mensch, Spýros", sagte Miltos und er hatte Tränen in den Augen, als er das sagte. *„Ich bin sehr froh, dass du mein Freund bist, und dass wir zusammenarbeiten."*

„Danke, Chef!", sagte Spýros und auch seine Augen wurden tränenfeucht. Die beiden Männer umarmten einander.

„Und jetzt sage mir, Miltos, mein Freund, was hast du für ein Problem."

Es war das erste Mal, dass Spýros nicht die gewohnte Anrede <Chef> verwendete. Er nannte

Miltos stets nur <Chef>, auch außerhalb des Arbeitsplatzes.

Und dann weihte Miltos seinen Freund Spýros in die Abgründe menschlichen Seins ein. Er erzählte ihm von seiner Bekanntschaft mit der Mafia.

****

„Buongiorno, Miltos; come stai?"

Miltos erkannte die Stimme des Anrufers sofort. Es war kein anderer als Luigi Pecorino, der Vater der bezaubernden Maria-Anna, die ihren Geburtstag in der Taverne gefeiert hatte.

„Danke Signore Pecorino", antwortete Miltos, der schon gehofft hatte, dass der Spuk vorüber wäre. Es waren schon ein paar Wochen seither vergangen.

„Luigi", sagte Signore Pecorino, *„nenn mich Luigi, mein Freund."*

Miltos fühlte eine aufsteigende Übelkeit in seinem Körper. Er hätte sich so sehr gewünscht, dass dieser Luigi sich nie mehr melden würde. Und jetzt das...

„Ich brauche einen Tisch für acht Personen, nächsten Dienstag. Weißt du, amico, ein kleines Geschäftsessen. Geht das in Ordnung?"

„Ja, Signore Luigi", antwortete Miltos. Dann nahm er all seinen Mut zusammen und fragte:

„Ist Signore Frascati auch mit dabei?"

„Tranquillamente; aber warum fragst du?", antwortete Luigi Pecorino erstaunt.

„Weil, weil", begann Miltos wie wild in seinem Gehirn herumzustochern. Er suchte krampfhaft nach einer sinnvollen Erklärung.

„Ugualmente", sagte Luigi, was so viel wie <egal> bedeutete, und erlöste damit den armen Miltos aus seiner misslichen Lage.

„Ich freue mich auf Ihr Kommen, Signore Luigi", log Miltos, *„bis nächsten Dienstag. Es wird alles zu Ihrer Zufriedenheit sein."*

„Das hoffe ich, Miltos, mein Freund, sonst müsste ich sehr böse werden. Und das wollen wir doch beide nicht, oder?"

Signore Pecorino, wohl die rechte Hand des Paten – so vermutete Miltos – lachte bei diesen Worten.

Miltos wollte sich anschließen, aber Luigi hatte bereits aufgelegt. Das war gut so, denn das Lachen wäre Miltos sicher im Hals steckengeblieben.

****

„Ich freue mich so sehr, dass du gekommen bist", sagte Miltos, als die Frau Major Herrmann die Taverne betreten hatte.

„Das musste ich ja wohl, so aufgeregt, wie du am Telefon warst", sagte Hilli, *„aber jetzt erzähle einmal genau und der Reihe nach, was passiert ist."*

Und dann erzählte Miltos von dem ominösen Telefonat und dass der Pate auch mitkommen würde.

„Dieses Mal machen wir den Sack zu", sagte Hilli, und ein Hauch von Triumph lag in ihrer Stimme. *„Sieh nur zu, dass du es nicht wieder verbockst!"*

„Auf gar keinen Fall, meine Liebe", antwortete Miltos, *„ich werde alles zweimal, was sage ich, dreimal überprüfen."*

„Das wollte ich hören", sagte Hilli.

„Hast du schon etwas gegessen?", fragte Miltos.

„Es ist lieb, dass du fragst", antwortete Hilli, begleitet von einem Lächeln, das Miltos' Herzfrequenz schlagartig erhöhte.

„Glaubst du, ich könnte dasselbe, wie beim letzten Mal, bekommen?"

„Ich habe es mir gedacht, mein Liebling", antwortete Miltos und erschrak zutiefst. Das Wort <Liebling> war ihm einfach so herausgerutscht.

Hilli sah Miltos an wie ein außergalaktisches Wesen, und Miltos fühlte sich auch so in diesem Moment. Was hatte ihn da nur geritten?

„Dann möchte ich das gern, wenn es geht."

„Überhaupt kein Problem", sagte Miltos, erleichtert darüber, dass die peinliche Situation gerade eine Selbstreinigung erfahren hatte. *„Ich mache nur schnell einen Sprung in die Küche und sage Bescheid. In der Zwischenzeit kannst du dir ja überlegen, was du trinken möchtest."*

„Ist gut, mein Lieber", antwortete Hilli und steckte sich eine Zigarette an.

Miltos schaute von der Küche aus durch das Fenster zu Hilli, wie diese genüsslich an ihrer Zigarette zog, um danach den Rauch sanft über die Lippen gleiten zu lassen.

Die Fantasie klopfte an Miltos' Gehirn, um ihm schöne Bilder anzubieten. Er ging zum Waschbecken, das in der Küche hing, und benetzte sein Gesicht mit kaltem Wasser.

„Diese Hitze, diese Hitze", murmelte er vor sich hin, und Herta, die Küchenhilfe schaute ihren Chef verwundert an, hatte es doch gerade einmal 23° an diesem Morgen.

„Du hast ja heute eine andere Bluse an", stellte Miltos fest, als er an den Tisch von Hilli zurückgekehrt war.

„Ist es dir aufgefallen?" kokettierte Hilli, *„ich wollte einmal etwas anderes als immer nur Rot."*

„Gefällt mir ausgezeichnet", sagte Miltos, *„es steht dir wirklich gut; das sanfte Blau unterstreicht deinen makellosen Teint auf vortreffliche Weise."*

„Findest du?", antwortete Hilli, *„ist das sanfte Blau nicht etwas zu blass?"*

„Nein, meine Liebe", antwortete Miltos, *„es ist einfach perfekt."*

„Was mache ich da?", fragte sich Miltos, *„wenn das einer meiner Mitarbeiter gehört hat, muss*

er ja denken, ich sei zum <anderen Ufer> gewechselt."

Es war wieder einmal die Küchenglocke, welche die Fertigstellung des gewünschten Essens kündete und der peinlichen Vorstellung ein Ende bereitete.

„Lass es dir gut schmecken, mein Liebling", sagte Miltos, dieses Mal ohne Angst, war er sich doch sicher, dass seine Gefühle erwidert werden.

„Danke, mein Schatz!", antwortete Hilli und warf Miltos mit spitzen Lippen einen Kuss zu.

„Kannst du länger bleiben?", fragte Miltos, durch die zärtliche Geste von Hilli ermuntert, *„vielleicht auch über Nacht?"*

„Leider nein, mein Schatz", antwortete Hilli, *„ich muss heute noch nach Wien fahren. Mein Boss will mich sehen."*

„Das ist schade", sagte Miltos.

„Sei nicht traurig", versuchte Hilli Miltos zu trösten, *„wir holen das nach. Sehr bald sogar; du wirst schon sehen."*

Hilli verzehrte mit großer Freude und höchstem Genuss ihr Schnitzel, nebst dem lauwarmen Erdäpfelsalat und dem köstlichen <Mohr im Hemd>.

Danach folgten eine Verdauungshilfe in Form eines <kleinen Wässerchens> und ein dicker Abschiedskuss.

Hilli bat zuvor noch um einen Beleg für die Buchhaltung, zwecks Abrechnung der Spesen, und Miltos stellte diesen auch mit dem größten Vergnügen aus.

****

Es war Dienstag und Miltos war bestens vorbereitet. Er hatte in Gedanken mehrmals sein Verhalten durchgespielt, um so unverfänglich wie nur irgend möglich auf seine besonderen Gäste zu wirken.

„Ich begrüße Sie mit aller Herzlichkeit und mit meinem größten Respekt!"

Mit diesen Worten empfing Miltos seine Gäste. Er kannte diese Floskel oder zumindest eine, welche dieser ähnlich war, aus einem Film.

„Buongiorno, Miltos!", sagte Luigi Pecorino, die rechte Hand des Paten, und auf den Paten hindeutend, sagte er:

„Wie du siehst, ist Don Frascati mitgekommen, nach dem du ja extra gefragt hattest."

Miltos erschrak zu Tode, als er Luigi das sagen hörte. Der Pate hielt Miltos seine Hand zum Gruß entgegen; aber anstatt sie zu schütteln, ergriff Miltos die Hand und küsste sie.

„Na, na, lieber Freund", sagte der Pate und tätschelte Miltos die Wange, wie er es schon bei der Geburtstagsfeier von Maria-Anna getan hatte.

Miltos wurde von dieser zärtlichen Geste sehr berührt. Er fing beinahe an Sympathie für diesen Mann zu empfinden, rief sich aber sofort wieder zu Ordnung.

Er fragte sich, wie viele Menschen dieser freundliche Mann wohl schon auf dem Gewissen haben würde, und bei dem Gedanken ergriff ihn ein Schaudern.

„Kommen Sie bitte weiter", sagte Miltos, *„im Garten ist schon alles hergerichtet."*

„Das ist sehr lieb, mein Freund", sagte Luigi Pecorino, *„aber wir bleiben heute herinnen. Wir müssen wichtige Gespräche führen, die nicht für Jedermanns Ohren gedacht sind."*

Miltos wurde blass. Er hatte alles so gut geplant. Die Kamera war perfekt installiert; aber im Garten und nicht herinnen.

Hilli würde ihn umbringen, wenn es dieses Mal wieder nicht gelingen würde beweisfähige Aufnahmen zu machen.

Er überlegte einen Augenblick lang, wie er das Problem lösen könnte; musste aber resignieren. Er hätte die Kamera nicht unbemerkt im Inneren platzieren können, ohne bemerkt zu werden.

Dann dachte er kurz daran sein Handy in der Nähe der zusammengestellten Tische zu verstecken, um wenigstens das Gesprochene aufzeichnen zu können.

Aber was wäre, wenn ihn jemand anrufen würde? Allein der Gedanke daran drückte Miltos die Kehle zusammen.

„Macht das ein Problem?", fragte der Pate, dem die Verwirrung von Miltos nicht entgangen war.

„Nein, nein", beeilte sich Miltos zu sagen, *„überhaupt nicht. Ich lasse nur schnell ein paar Tische zusammenstellen, und schon kann es losgehen."*

„Guter Mann", sagte der Pate, *„du würdest gut in die Firma passen."*

„Hatte der Pate gerade <Firma> gesagt? Um Gottes willen, wollte er am Ende gar, dass Miltos ein Mitglied der Mafia werden sollte?"

Im Kopf von Miltos drehte sich alles. Er wünschte sich, Hilli wäre hier oder er hätte wenigstens eine funktionierende Waffe.

„Blödsinn, Blödsinn, Blödsinn!", sagte Miltos zu sich selbst, *„ich hätte doch gar keine Chance gegen so viele. Bleib ruhig Miltos, einfach nur ruhig bleiben."*

Dann rief er ein paar Kellner und hieß sie die Tische zusammen zu rücken und die Wünsche für Getränke entgegenzunehmen.

Er selbst holte die Speisekarten und verteilte sie an die Gäste, begleitet von den wohlwollenden Blicken von Don Frascati und dessen rechter Hand, Luigi Pecorino.

Während des Essens herrschte eine Art <babylonisches Sprachengewirr>. So sehr sich Miltos bemühte auf seinem Lauschposten wenigstens das eine oder andere zu verstehen, es gelang nicht.

Selbst wenn er des Italienischen mächtig gewesen wäre, bei den verschiedenen Dialekten, die gesprochen wurden, hätte er nur wenig bis gar keine Chance gehabt, zusammenhängende Worte oder Sätze zu verstehen.

Als der Essensvorgang beendet war, ließ der Pate durch einen der Kellner Miltos zu sich rufen.

„Mein lieber Freund", sagte Don Frascati in wohlwollendem Tonfall, *„veranlassen Sie, dass genug Vino und Acqua minerale auf dem Tisch steht, und dann sorgen Sie dafür, dass wir nicht mehr gestört werden.*

Wenn wir etwas benötigen sollten, dann werde ich einen meiner Leute nach Ihnen schicken, capisce?"

„Si, Patrone", antwortete Miltos ganz automatisch und sah sich dem feinen Lächeln des Paten ausgesetzt.

„Wahrscheinlich sagt man das gar nicht so oder ich habe es falsch ausgesprochen", dachte sich Miltos und beim Hinausgehen überlegte er noch, aus welchem Film er das wohl entnommen hatte.

Das ominöse Geschäftsessen dauerte viele Stunden, und Miltos wurde immer wieder einmal gerufen, um die Getränke auffüllen zu lassen.

Als er mit zwei Flaschen Grappa auftauchte, die er extra für dieses Event besorgt hatte – sein Ouzo war schon beim letzten Mal auf wenig Gegenliebe gestoßen – schwappte die Begeisterung über.

Das ging so weit, dass ihn Luigi Pecorino auf die Wange küsste, und die Anwesenden Beifall bekundeten.

Als Miltos den rauchgeschwängerten Raum danach verließ, dachte er bei sich:

„Jetzt ist es passiert. Ich glaube, ich wurde gerade in die Mafia aufgenommen."

****

Alexis Sirtaki, der Mitarbeiter einer Telefongesellschaft, war nicht wenig erstaunt, als er von Miltos angerufen wurde.

Es war eine Ewigkeit her, dass sie miteinander gesprochen hatten. Beim letzten Mal hatten sie sich heftig gestritten. Es ging um eine Bagatelle; aber die Gemüter hatten sich dermaßen erhitzt, dass man im Zorn auseinanderging.

„Kaliméra, Alexis!", flötete Miltos ins Telefon, nachdem Alexis sich gemeldet hatte. Alexis antwortete mit einem kurzen, eher unfreundlichen *„Hallo"* und fragte sogleich:

„Was willst du?"

„Ich wollte nur einmal fragen, wie es dir geht", antwortete Miltos, *„und dich und deine liebe Frau auf ein Essen einladen. Es tut mir leid, dass wir im Streit auseinandergegangen sind.*

*Wir sind doch alle eine Familie und wir soll-
ten zusammenhalten; findest du nicht auch?"*

„*Hast du getrunken?*", fragte Alexis, dem der
Anruf von Miltos spanisch vorkam.

„*Warum so böse und so misstrauisch?*", fragte Miltos mit schmeichelnder Stimme.

„*Weil ich dich kenne!*", antwortete Alexis.

Miltos musste sehr an sich halten, um nicht
die Fassung zu verlieren. Er musste über seinen
eigenen Schatten springen; denn schließlich war er
auf die Hilfe von Alexis angewiesen.

„*Ich weiß ja, dass ich bei unserem Streit Un-
recht hatte, und ich bitte dich um Verzeihung. Nimm
meine Einladung bitte als Zeichen der Versöhnung
an!*"

Diese Worte schmeckten für Alexis noch
süßer als Samos. Es war gut, dass Miltos das breite
Grinsen seines Telefonpartners nicht sehen konnte.

„*Ich nehme deine Entschuldigung an!*", sagte
Alexis mit größter Genugtuung.

„*Und was ist mit meiner Einladung?*", fragte
Miltos ängstlich.

„*Die nehme ich auch an.*"

„Dann sehen wir uns morgen, oder vielleicht schon heute Abend?", fragte Miltos.

„Morgen passt mir besser. Morgen Abend, 20:00 Uhr."

„Wunderbar, ich freue mich schon auf euer Kommen und grüße mir bitte Selina recht herzlich!"

****

Miltos versuchte schon seit Tagen Hilli zu erreichen; jedoch ohne Erfolg. Hilli hatte auch nicht zurückgerufen. Allmählich machte Miltos sich Sorgen.

Johannes Telemann besaß in der Fußgängerzone ein kleines Fotogeschäft, das schon sein Vater betrieben hatte. Durch die Umstellung auf digitale Fotografie war ein Großteil seines Umsatzes weggefallen.

Filme wurden keine mehr gebraucht und das Entwickeln derselben und das Erstellen von Abzügen war ebenso weggefallen. Es blieb dem Ladenbesitzer nichts anderes übrig, als neue Einkommensquellen zu erschließen.

Aus diesem Grund hatte sich Johannes Telemann entschlossen bei Hochzeiten, Taufen, Geburtstagsfeiern und Betriebsfeiern zu fotografieren und auch – auf Wunsch – zu filmen.

Er war es auch, der bei der Geburtstagsfeier von Maria-Anna, der Tochter von Luigi Pecorino, fotografiert hatte. Miltos hatte ihn dafür engagiert.

Es war nicht das erste Mal, dass Miltos ihn beauftragt hatte zu fotografieren. Im Laufe der Zeit waren sich die beiden Männer nähergekommen, und man kann sagen, sie waren sogar so etwas wie befreundet.

„Hallo Miltos, wie geht es dir? Hast du einen neuen Auftrag für mich?"

Mit diesen Worten begrüßte Johannes Telemann den Besucher seines Fotoladens.

„Guten Morgen, mein lieber Freund", erwiderte Miltos den Gruß von Johannes. *„Danke, es geht mir gut, und wie geht es dir?"*

„So einigermaßen", antwortete Johannes, *„es ist nett, dass du fragst."*

„Ich habe eine Bitte", sagte Miltos, *„besser gesagt einen Auftrag."*

„Das freut mich", antwortete Johannes, *„wann und wo?"*

„*Nein, nicht so einen Auftrag*", antwortete Miltos, „*ich komme im Auftrag von Signore Pecorino, dem Vater der jungen Frau, deren Geburtstagsfeier du ja fotografiert hast.*"

„*Aha*", sagte Johannes mit leicht enttäuschter Stimme, „*und um was geht es dabei?*"

„*Um die Speicherkarte der Bilder, die du auf der Feier geschossen hast*", antwortete Miltos.

„*Was ist damit?*", fragte Johannes.

„*Er möchte sie haben*", antwortete Miltos.

„*Das geht nicht*", sagte Johannes, „*die bewahre ich für eventuelle Nachbestellungen auf.*"

Miltos hatte schon mit einer solchen Antwort gerechnet und zog jetzt sein Trumpf-Ass aus dem Ärmel.

„*Es wäre ihm 200 Euro wert*", sagte er, mit dem Hintergedanken, notfalls noch erhöhen zu können. Und nachdem Johannes zu zögern schien, legte Miltos nach:

„*Ich bin mir ziemlich sicher, er würde sogar 500 Euro dafür auf den Tisch legen.*"

Das war die magische Zahl, welche die Augen des Fotomannes zum Leuchten brachten.

„*Gut, ich bin damit einverstanden!*", kam die erlösende Antwort von Johannes. „*Wenn du mir die 500 Euro bringst, dann übergebe ich dir die Speicherkarte.*"

„*Weißt du was*", sagte Miltos, „*ich gehe in Vorlage und gebe dir die 500 Euro gleich. Die hole ich mir dann von Signore Pecorino zurück.*"

„*Wie du möchtest*", antwortete Johannes, „*warte einen Moment, ich gehe nur schnell die Speicherkarte holen.*"

Nur wenig später verließ Miltos das Geschäft, um eine Speicherkarte reicher, um 500 Euro ärmer und voller Hoffnung, dass er die nächste Hürde genauso mühelos nehmen könnte.

****

Am nächsten Abend begrüßte Miltos die Gäste seines <Wiedergutmachungs-Menüs>.

Alexis, die nächste Hürde, war mit Ehefrau Selina gekommen und von Miltos mit größter Herzlichkeit begrüßt worden.

Ein üppiges Mahl wurde aufgetragen und der Wein floss in Strömen.

Nach dem Konsum von einigen <kleinen Wässerchen>, bat Miltos Alexis zu einem Gespräch. Dazu gingen sie in Miltos' Büro.

Als Miltos die Tür zugemacht hatte, ließ er die Katze aus dem Sack:

„Mein lieber Alexis", begann Miltos, *„ich möchte dich um einen großen Gefallen bitten."*

Alexis wurde hellhörig. Die Menge Alkohol war offensichtlich nicht groß genug, um ihm die Sinne zu vernebeln.

„Ich hätte es mir denken können, du hinterhältiger Schuft", sagte Alexis und wollte schon aufspringen, als Miltos ihm mit einem 200-Euro-Schein vor der Nase herumwedelte.

Alexis starrte auf das bunte Papier wie eine Kobra auf das Instrument eines Flötenspielers. Miltos wusste um die chronische Geldknappheit von Alexis und spekulierte darauf.

Und wie es aussah, sollte seine Spekulation gerade aufgehen. Alexis, der den Blick von dem Geldschein nicht abwenden konnte, fragte:

„Und was willst du dafür?"

„Nur eine Kleinigkeit und ein Klacks für dich", antwortete Miltos siegessicher.

Er zeigte Alexis die Telefonnummer von Luigi Pecorino, die er auf seinem Handy gespeichert hatte, und von der er wusste, dass sie zu dem Telefonanbieter gehörte, bei dem Alexis arbeitete.

„Ich brauche die Adresse zu dieser Telefonnummer."

„Das geht nicht, das unterliegt dem Datenschutz", antwortete Alexis kopfschüttelnd, *„das geht auf gar keinen Fall."*

„Gut, dann eben nicht", sagte Miltos und faltete den Geldschein in aller Ruhe zusammen.

„Warum möchtest du denn die Adresse", fragte Alexis, *„und warum kannst du den Mann nicht einfach danach fragen?"*

Miltos genoss es sichtlich zu sehen, wie Alexis an der Angel hing und unschlüssig hin und her zappelte.

„Lass nur", antwortete Miltos gelangweilt, *„ist nicht so wichtig; ich hatte nur gedacht, dass du dir leicht ein paar Euros dazu verdienen könntest."*

„Jetzt beantworte mir doch einfach meine Frage", insistierte Alexis, der auf den großen Geldschein nicht verzichten wollte.

„*Also gut, dann sage ich es dir*", antwortete Miltos, „*ich möchte diesem Mann ein Geschenk machen und dazu brauche ich seine Adresse.*

Er ist Unternehmer wie ich und ich würde gern mit ihm ins Geschäft kommen. Er war mit seiner Tochter vor ein paar Tagen bei mir, um deren Geburtstag zu feiern.

Wir sind ins Gespräch gekommen und da haben sich für mich Möglichkeiten eröffnet, die ich gern nützen möchte.

Und wenn ich seiner netten Tochter nachträglich noch ein größeres Geschenk vorbeibringen könnte, hätte ich vielleicht einen Fuß in der Tür; verstehst du?"

„*Das verstehe ich*", sagte Alexis und seine Bedenken schrumpften im selben Augenblick auf eine vertretbare Größe.

„*Und da ist kein Haken bei der Geschichte?*", fragte er noch fürsorglich nach und ließ sich dann die Telefonnummer des Mannes von Miltos geben.

„Mit den Worten „*das bleibt aber unter uns*", wechselte der 200-Euro-Schein seinen Besitzer, und beide Teile waren der festen Überzeugung ein gutes Geschäft gemacht zu haben.

****

Miltos hatte – ohne sich dessen bewusst zu sein – inzwischen mafiöse Züge angenommen. Er sah nicht ein, warum er sich nicht auch ein Stück vom Kuchen abschneiden sollte.

Der Gedanke daran, wie wohl Hilli auf seine wahnwitzige Idee reagieren könnte, kam ihm erst gar nicht.

Wie auch, Hilli war nach wie vor unerreichbar, und sie hatte bisher nicht ein einziges Mal auf seine Anrufe reagiert und ihn zurückgerufen.

Er hatte bei der Polizeidirektion in Wien nachfragen wollen, ob man ihm über den Verbleib von Major Mathilde Herrmann Auskunft geben könnte, war aber auf Ablehnung gestoßen.

Man bot ihm lediglich an persönlich – unter Vorlage eines Ausweispapieres – vorzusprechen, dann könne man ihm eventuell Auskunft erteilen.

Das wiederum wollte Miltos nicht, zumal es zu diesem Zeitpunkt mehr als kontraproduktiv gewesen wäre.

Ausschlaggebend für seinen Entschluss war die 2. Mahnung der Firma <Ziegler Bau GmbH & Co KG>, der er noch eine größere Summe schuldete, die er aber nicht hatte.

Und so schickte er sich an den Pfad der Tugend, auf dem er bisher gewandelt war, zu verlassen.

Er steckte die Speicherkarte vom Fotohändler Johann Telemann in seinen Computer und öffnete die Datei mit all den schönen Bildern, welche der Künstler bei dem Geburtstagsfest geschossen hatte.

Miltos betrachtete in aller Ruhe Bild um Bild. Es waren derer gar viele, und die richtige Auswahl war gar nicht so leicht.

Er entschied sich für 4 Bilder:

Bild 1: Eine Gesamtansicht der Gäste
Bild 2: Der Pate im Rollstuhl sitzend
Bild3: Die rechte Hand des Paten
Bild 4: Der Tisch mit den vielen
        Rauschgiftpäckchen

Diese 4 Bilder druckte er großformatig aus.

Dazu verfasste er ein Schreiben mit folgendem Inhalt:

„Sie kennen mich nicht! Ich bin ein unbekannter Gast, der bei Ihrer Geburtstagsfeier zugegen war und der diese Bilder gemacht hat.

Sie zeigen ganz deutlich, dass kriminelle Handlungen vorgenommen wurden.

Ich fordere von Ihnen 50.000 Euro in kleinen, nicht nummerierten Scheinen in einem kleinen Koffer.

Diesen stellen Sie dann bitte am Montagabend – pünktlich um 03:30 Uhr – unter die Bank im Pavillon vom Stadtpark.

Keine Polizei! Ich werde Sie die ganze Zeit beobachten!

Wenn ich das Geld empfangen habe, werde ich sämtliche Ausdrucke vernichten und Ihnen die Speicherkarte meiner Kamera mit der Post an Ihre Adresse schicken.

Sollten Sie meine Forderungen nicht erfüllen, werde ich meine Unterlagen der Polizei zukommen lassen und an die Presse geben.

Ich versichere Ihnen, dass dies eine einmalige Forderung ist. Es werden keine weiteren mehr folgen.“

Miltos steckte die Ausdrucke der Bilder und sein Forderungsschreiben in einen Umschlag, schrieb die von Alexis eruierte Adresse von Luigi Pecorino auf die Vorderseite und brachte ihn zur Post.

****

„Ich habe einen Auftrag für dich", sagte Miltos zu seinem getreuen Vasallen Spýros.

Es war Montagabend und die Taverne war gut besucht.

„Was soll ich tun, Chef?", fragte Spýros.

„Das ist ein Spezialauftrag", antwortete Miltos, *„und erfordert viel Mut und Feingefühl. Ich wüsste mir keinen Besseren für diesen Auftrag als dich, mein treuer Freund."*

Spýros strahlte über das ganze Gesicht. Seit der nächtlichen Episode vor einigen Wochen hatte sich irgendetwas verändert zwischen ihm und seinem Chef.

„Egal, was es auch sein mag", sagte Spýros, *„du kannst mit mir rechnen, und ich werde dich auch nicht enttäuschen."*

„Das weiß ich, mein Freund, und ich bin dir sehr dankbar", entgegnete Miltos, *„es tut gut einen Freund wie dich zu haben."*

Damit hatte er Spýros endgültig im Sack. Miltos war überzeugt, dass Spýros für ihn durchs Feuer gehen würde, wenn es nötig wäre.

Miltos beschrieb Spýros genau, was er zu tun hätte. Am Ende seiner Ausführungen vergatterte er ihn mit den Worten:

„Ganz egal, was auch passiert, du sagst nichts; zu niemandem. Und es darf auch niemand je erfahren, dass ich dich geschickt habe. Hast du das verstanden, mein treuer Spýros?"

„Ja, Chef", antwortete Spýros, „ich werde schweigen wie ein Grab. Und selbst, wenn man mich foltert; ich werde nichts sagen."

Bei diesen Worten musste Miltos heftig schlucken. Er musste daran denken, dass die Mafia kein Wohlfahrtsverein ist und in ihren Mitteln nicht zimperlich.

Für einen Augenblick lang zog er in Erwägung das Ganze wieder abzublasen. Doch dann musste er an die Schulden denken und daran, dass er schon viel Geld aus eigener Tasche in das Unternehmen investiert hatte.

Das genügte die plötzlich aufgetauchten Bedenken in Rauch aufgehen zu lassen. Miltos beschwor Spýros noch schnell den Koffer auf gar keinen Fall zu öffnen.

Eine kurze, innige Umarmung mit seinem Getreuen, und danach wandte sich Miltos wieder seinen Gästen zu, welche die glaubhafte Kulisse für sein Alibi bilden sollten.

****

Spýros war um punkt 4:00 Uhr – wie ihm Miltos eingetrichtert hatte - im Stadtpark angekommen. Er ging zielstrebig zum Pavillon, um das besagte Objekt abzuholen.

Er bückte sich unter die Bank und zog mit einem raschen Griff einen kleinen Koffer hervor. Als er sich wieder aufrichtete, war der Park auf einmal taghell erleuchtet.

„Hier spricht die Polizei. Der Pavillon ist umstellt. Stellen Sie den Koffer auf den Boden und nehmen Sie die Hände hoch.

Wenn Sie unserer Aufforderung nicht nachkommen, werden wir von der Schusswaffe Gebrauch machen.“

Spýros erstarrte. Er versuchte krampfhaft die Person ausfindig zu machen, deren Stimme ihm wie der Klang einer Peitsche entgegenschlug.

Er konnte sie aber nicht entdecken. Er wurde von dem gleißenden Licht geblendet, das ihn aus allen Richtungen anstrahlte.

Die <Blindschleiche>, eine Spezialabteilung der Polizei hatte den Pavillon umstellt und hielt ihre Waffen schussbereit auf Spýros gerichtet.

Spýros stellte ganz langsam den Koffer auf den Boden. Eine Panikattacke bedrohte ihn, und er begann am ganzen Körper heftig zu zittern.

„Auf den Boden, auf den Boden!", drang es schrill aus mehreren Kehlen, und das rasche Heraneilen von Stiefeln kündete die anrückenden Männer der Spezialeinheit <Blindschleiche>.

Was dann passierte, entzog sich Spýros völlig, denn eine barmherzige Ohnmacht hatte Besitz von ihm ergriffen.

****

„In wessen Auftrag handeln Sie?"

Spýros saß zusammengesunken auf einem Stuhl, in völliger Verwirrung begriffen und von einer Lampe angestrahlt.

Er versuchte sich zu erinnern, was geschehen war, hatte aber große Mühe damit. Schwarze Schnürstiefel und keuchende Männer fielen ihm wieder ein; aber danach nichts mehr.

„In wessen Auftrag handeln Sie?"

Der Fragende hatte die Lampe etwas nach unten gesenkt, sodass Spýros endlich sehen konnte, wer sich hinter der Stimme versteckt hielt.

„*Ich sage nichts ohne meinen Anwalt!*", presste Spýros mühsam hervor.

Zu seiner großen Überraschung wurde seine Antwort mit einem Lachen bedacht. Es musste von mehreren Personen stammen.

Spýros drehte sich um und bemerkte, dass sich außer ihm und dem Fragenden noch weitere Personen im Raum befanden.

„*Wer ist denn ihr Anwalt? Wollen Sie ihn anrufen?*"

Spýros war verunsichert. Ihm fiel erst jetzt ein, dass er gar keinen Anwalt hatte. Er hätte vielleicht mit Miltos darüber reden sollen, was in einem speziellen Fall, wie dieser wohl einer war, zu tun wäre.

„*Also, was ist jetzt?*", fragte Kommissar Nawratil, der vernehmende Beamte, „*wollen Sie jetzt Ihren Anwalt anrufen oder nicht?*"

„*Ich habe gar keinen Anwalt*", räumte Spýros kleinlaut ein, „*ich habe das nur so gesagt.*"

„*Ich nehme an, Sie kennen diesen Satz aus dem Fernsehen, habe ich recht?*", fragte der Herr Kommissar.

Spýros nickte, und wieder lachten die Anwesenden.

„Oder hat Ihnen Ihr Chef den Rat gegeben das zu sagen?", forschte der Beamte nach.

„Nein", antwortete Spýros, „der hat nur gesagt, ich soll den Koffer holen."

Spýros erstarrte und er ärgerte sich, dass er dem Herrn Kommissar so auf den Leim gegangen war.

„Sie können jetzt gehen", sagte der Beamte, „und richten Sie Ihrem Chef aus, dass wir uns schon sehr auf ein Gespräch mit ihm freuen."

Spýros stand auf, machte nach allen Seiten eine leichte Verbeugung und verließ den Raum. Draußen wurde er von einem Uniformierten in Empfang genommen.

„Kommen Sie mit", sagte dieser, „wir werden Sie nachhause fahren."

Als Spýros den Raum verlassen hatte, machten sich die anwesenden Herren einen Spaß daraus das gerade Erlebte noch einmal Revue passieren zu lassen.

„Das Ganze erinnert mich ein wenig an den <Hauptmann von Köpenick>", sagte einer der Herren und trug damit zu einem weiteren Gelächter bei.

****

Als Spýros nach Stunden nicht zurückkam, wurde Miltos von einer stetig anwachsenden Unruhe erfasst.

Hatte am Ende der Pate die Polizei verständigt?

„Unsinn", sagte Miltos zu sich selbst, *„es sägt doch niemand den Ast ab, auf dem er sitzt."*

„Schlimmer noch", drängte sich ein anderer Gedanke in das Gehirn von Miltos, *„diese Verbrecher haben meinen armen Spýros ermordet."*

Es war gegen 07:00 Uhr in der Früh, als es am Tor heftig klopfte. Miltos schleppte sich mit aller Mühe und den schlimmsten Ahnungen zum Eingang, um zu öffnen.

„Sind Sie Miltos, der Wirt dieser Taverne?", fragte ihn einer der Polizisten.

Miltos antwortete mit einem schwachen „Ja", und dann erblickte er Spýros, flankiert von zwei weiteren Uniformierten.

Er eilte – vorbei an dem fragenden Beamten - auf seinen Freund zu und umarmte ihn.

„Ich bin so froh dich zu sehen", stammelte er mit Tränen in den Augen, *„ich bin so froh."*

Und mit einem Blick gen Himmel, schickte er ein inbrünstiges *„Efcharistó!"* hinterher.

Der Polizist, den Miltos fast umgerannt hatte, nahm ihn am Arm und sagte:

„Ich muss Sie bitten uns für die Durchführung einer Befragung zu begleiten!"

Miltos nickte und ließ sich widerstandslos ins Auto hinein bugsieren. Es war ihm in diesem Augenblick völlig egal, was weiter mit ihm geschehen würde. Wichtig für Miltos war nur, dass Spýros am Leben war.

****

„Bleiben Sie hier sitzen, der Herr Kommissar kommt gleich", sagte der uniformierte Polizist.

Er hatte Miltos angewiesen auf einem Stuhl vor dem Schreibtisch des Kriminalbeamten Platz zu nehmen.

Er selbst setzte sich neben der Tür auf einen weiteren Stuhl, um Miltos im Blick behalten zu können, damit dieser nicht eventuell aufkommende Fluchtgedanken in die Tat umsetzen konnte.

Wenig später ging die Tür auf und Kommissar Nawratil betrat den Raum. Miltos erhob sich von seinem Stuhl.

„Bleiben Sie sitzen!", kam die Aufforderung des Herrn Kommissars, und Miltos wunderte sich über den freundlichen Ton, den der Beamte dabei anschlug.

Kommissar Nawratil sah Miltos lange an, und Miltos glaubte ein feines Lächeln im Gesicht des Mannes zu entdecken.

„Warum haben Sie das nur gemacht?", begann der Kriminalbeamte das Verhör, *„Sie kommen mir doch gar nicht vor wie ein skrupelloser Verbrecher."*

Die Art der Befragung erinnerte Miltos an seine Mutter, wenn sie ihn wieder einmal dabei erwischt hatte, wie er sich heimlich an einem Marmeladeglas zu schaffen machte.

Miltos schluckte, er hätte dem freundlichen Herrn wirklich gern eine Antwort auf seine Frage gegeben; aber es fiel ihm gerade keine ein.

„Vielleicht sollten wir die beiden Zeugen zu unserem Gespräch dazu bitten.", sagte Kommissar Nawratil und gab dem Polizisten bei der Tür ein entsprechendes Zeichen.

Als der Kommissar das Wort <Gespräch> verwendete, anstatt das Wort <Verhör>, keimte in Miltos ein kleiner Funke Hoffnung auf.

„Vielleicht würde sich ja alles noch zum Guten wenden", dachte Miltos, jedoch fern jeder Vorstellung, wie das passieren sollte.

„Die Herren kennen sich ja", sagte Kommissar Nawratil und wies dann den Polizisten in Uniform an:

„Besorgen Sie mir doch bitte zwei Stühle für die Herren!"

Miltos wandte sich langsam um und erstarrte.

„Was für eine Farce", schoss es ihm durch den Kopf. Er hatte schon oft in den Medien gelesen und auch im Fernsehen gesehen, dass der Arm der Mafia bis in die höchsten Kreise der Justiz reicht; aber jetzt erlebte er es hautnah.

„Ich bin verloren", dachte Miltos, *„entweder ich verrotte in irgendeinem Gefängnis oder Helfer der Mafia bringen mich vorzeitig da drinnen um."*

„Hallo Miltos, mein Freund!", sagte der Pate. Er hatte zwischenzeitlich, zusammen mit Luigi Pecorino neben Miltos Platz genommen.

„Sie wissen schon, wer da neben mir sitzt?", sagte Miltos zu Kommissar Nawratil, *„Sie sollten sich schämen. Können Sie überhaupt noch in den Spiegel schauen?"*

Miltos hatte versucht seine ganze Verachtung in diese Worte zu legen; was jedoch nur mäßig gelang.

Es schnürte ihm die Kehle zu, als er daran dachte, dass er diesem korrupten Vertreter des Gesetzes und Handlanger der Mafia hilflos ausgeliefert war.

„Ja, ich weiß, wer neben mir sitzt", antwortete der Kommissar, *„und ja, ich kann noch in den Spiegel schauen."*

Miltos juckte es in allen Fingern, als er in die feixenden Gesichter dieses <Trio Infernale> sah, und er musste an sich halten, dass er nicht aufsprang, um wild um sich zu schlagen.

Als er dann vernahm, was der Herr Kommissar Nawratil weitersagte, war er froh, dass er sich beherrscht hatte.

„Ich darf Ihnen diese beiden ehrenwerten Herren näher vorstellen:

„Der Herr zu Ihrer Rechten ist Signore Donato Frascati, und der Herr zu Ihrer Linken ist sein Kompagnon, Signore Luigi Pecorino.

Die beiden Herren sind, zusammen mit Signore Pepe Sanella Besitzer der Firma <Pedosan>, Hersteller für orthopädisches Schuhwerk.

Der Firmenname setzt sich aus den Anfangsbuchstaben ihrer Familiennamen zusammen, wie man unschwer erkennen kann."

„Um Gottes Willen", entfuhr es Miltos, dessen Entsetzen ihn beinahe ins Jenseits befördert hatte.

Sein Herz raste und sein Blutdruck fuhr raketenartig in die Höhe. Dann umfing ihn die Dunkelheit.

„Trinken Sie einen Schluck", sagte eine Stimme aus weiter Ferne, *„dann geht es Ihnen gleich besser."*

Es war Signore Frascati, der falsche Don, der über ihn gebeugt ein Glas Wasser in der Hand hielt.

Miltos nahm das Glas und leerte es auf einen Zug.

„Aber es haben doch alle <Don> zu ihm gesagt", wagte Miltos einen zaghaften Versuch der Rechtfertigung in Richtung Kommissar.

„Das ist eine Abkürzung von <Donatello>", erklärte ihm Signore Frascati.

„Und warum hat die Frau neben mir gesagt, Sie seien der Pate?", startete Miltos einen weiteren, verzweifelten Versuch.

„Weil Donatello der Taufpate meiner Maria-Anna ist", erklärte Luigi mit einem Lächeln.

Miltos sank immer mehr in sich zusammen. Da fiel ihm die ominöse Geschichte mit den Geschenken ein. Er bäumte sich ein letztes Mal auf.

„Aber die vielen, gleich aussehenden Päckchen, die auf den Tisch gelegt wurden, waren doch keine normalen Geschenke. Das kann mir niemand einreden!"

„Auch dafür gibt es eine einfache Erklärung, mein Lieber", meldete sich Luigi wieder zu Wort.

„Wenn in Kalabrien, von wo wir ursprünglich stammen, eine Hochzeit gefeiert wird oder auch ein Geburtstag, dann schenken Verwandte und Freunde keine Sachgegenstände, sondern Geld.

Dieses Geld wird in solche spezielle kleine Schachteln aus Karton gesteckt, die du gerade erwähnt hast.

Es wird auch kein Name darauf geschrieben. So wissen die Beschenkten nicht, wieviel Geld der Einzelne geschenkt hat.

Auf diese Weise gibt es keine Konkurrenz unter den Schenkenden und es entsteht auch kein Neid."

„Das ist eine wunderbare Sitte", sagte Kommissar Nawratil, *„die sollte man auch bei uns einführen.*"

„Und dann war das spätere Geschäftsessen auch wirklich nur ein Geschäftsessen?", fragte Miltos, der seine Felle jetzt endgültig davon schwimmen sah.

„Ja, ein Geschäftsessen", antwortete Donatello, *„nur ein Geschäftsessen; aber ein sehr gutes.*"

„So, jetzt aber wieder zu Ihnen und Ihrem unsinnigen Verbrechen", wurde der Kommissar jetzt wieder dienstlich. *„Es ist Ihnen schon klar, dass es sich um ein solches handelt.*"

„Ja, Herr Kommissar", antwortete Miltos, *„ich bekenne mich in allen Punkten schuldig, und ich nehme die Strafe an.*

Und bitte, lassen Sie Gnade walten bei meinem Freund Spýros. Er hatte mit der Sache nichts zu tun. Er hat mir lediglich einen Gefallen getan."

„Jetzt einmal langsam mit den jungen Pferden", sagte der Herr Kommissar, *„so schnell schießen die Preußen nicht!*"

„*Muss Spýros ins Gefängnis?*", fragte Miltos in großer Sorge.

„*Ich will dem Richter nicht vorgreifen*", antwortete Kommissar Nawratil, „*aber ich denke nicht.*"

„*Und was geschieht jetzt mit mir?*"

„*Auch das muss erst der Richter entscheiden*", antwortete der Kommissar wiederum, „*aber da die beiden Herren keine Anzeige gegen Sie erstattet haben, wird es wohl nicht so schlimm werden.*"

Miltos erstaunte. Er schaute den falschen Don und seine ebenso falsche rechte Hand Luigi an, und dann öffneten sich alle Schleusen.

Es war ein herzzerreißender Anblick. Miltos heulte wie ein kleines Kind; genauer gesagt, er schluchzte förmlich.

Er fiel vor den beiden Pseudo-Mafiosi auf die Knie und sagte:

„*Es tut mir alles so furchtbar leid, was ich getan habe. Die Schulden, die verfluchten Schulden haben das aus mir gemacht. Ich schäme mich so; bitte, verzeihen Sie mir!*"

„*Steh auf, Miltos*", sagte Luigi und fasste Miltos bei den Schultern. „*Und hör auf zu weinen!*"

Miltos war aufgestanden. Donatello, der ihm dabei helfen wollte, hatte Miltos seine Hand entgegengestreckt und gesagt:

„Wir werden für deine Schulden eine Lösung finden!"

Als Miltos die Hand von Donatello reflexartig ergreifen wollte, um ihm einen Kuss darauf zu drücken, stieß Donatello heftig hervor:

„Hör auf; nicht schon wieder!"

Donatello hatte – wie auch Luigi - ebenfalls Tränen in den Augen, und der Kommissar hätte sich diesem tränenreichen Trio sicher angeschlossen, hätte er sich nicht im Dienst befunden.

„Sie können jetzt nachhause gehen", sagte der Kommissar zu Miltos, *„Sie werden demnächst Post von der Staatsanwaltschaft bekommen."*

„Ich muss gar nicht hierbleiben?", fragte Miltos voller Erstaunen.

„Nein", antwortete der Kommissar, *„es besteht ja keine Fluchtgefahr bei Ihnen, oder etwa doch?"*

„Auf gar keinen Fall", kam die prompte Antwort von Miltos.

Er war schon aufgestanden, um den Raum zu verlassen, setzte sich dann doch aber noch einmal nieder.

„Ich hätte da noch eine Frage", sagte er mit einem deutlich wiedererstarkten Selbstbewusstsein.

„Befindet sich in Ihrer Truppe eine Frau Major Herrmann?"

Kommissar Nawratil zögerte einen Augenblick; dann fragte er zurück:

„Heißt diese Frau Major <Mathilde> mit Vornamen?"

Miltos nickte.

„Schwarze Hose, rote Bluse, schwarzer Blazer?"

Wiederum nickte Miltos und fragte dann:

„Dann rufen Sie bitte Ihre Kollegin; denn Sie hat mir das alles eingebrockt."

„Die wilde Hilde", seufzte Kommissar Nawratil, *„sie kann es einfach nicht lassen."*

„Können Sie die Kollegin bitte rufen lassen", wiederholte Miltos, in der Hoffnung, seine Hilli könnte ihn entlasten.

„Das geht nicht", antwortete der Kommissar.

„Und warum nicht?" fragte Miltos ungeduldig und völlig aufgewühlt.

„Weil sie nicht im Haus ist".

„Und wo ist sie", bohrte Miltos weiter.

„Am Steinhof", kam die knappe Antwort des Kommissars, was die Ungeduld von Miltos langsam in die Höhe trieb.

„Was macht sie dort und wann kommt sie wieder?", führte Miltos das Frage-Antwort-Spiel weiter.

„Sie macht dort eine Art Kur und sie kommt auch so schnell nicht wieder", antwortete der Kommissar.

„Was ist das für eine Kur?", fragte Miltos, dem die ganze Angelegenheit allmählich spanisch vorkam.

„Das ist nicht so einfach zu erklären", sagte der Kommissar.

„Ich muss sie unbedingt sehen", stieß Miltos heftig hervor, der begann sich Sorgen um seine Freundin zu machen.

„Wie Sie wollen", antwortete der Kommissar, *„ich schreibe Ihnen die Adresse des Krankenhauses auf. Und dort verlangen Sie dann Frau Professor Dr. Schmitt-Beinwell. Ich werde ihr zuvor Ihren Besuch avisieren."*

****

Als Miltos bei der Adresse ankam, welche ihm der Herr Kommissar Nawratil aufgeschrieben hatte, erschrak er.

In großen schwarzen Buchstaben und auf Emaille geschrieben, stand zu lesen:

„Heil- und Pflegeanstalt für Geistes- und Nervenkranke der Stadt Wien."

Miltos hatte Herzklopfen, als er den Mann an der Pforte nach der Frau Professor fragte.

Der Pförtner erklärte Miltos auf eine sehr freundliche Art, wohin er sich zu wenden habe.

Wenig später war er auch schon in dem betreffenden Gebäude und kurz darauf sah er sich einer streng blickenden, nicht mehr ganz jungen Dame gegenüber, auf deren weißen Kittel ein Namensschild befestigt war, welches sie als <Prof. Dr. H. Schmitt-Beinwell> auswies.

Der Name war kaum lesbar, weil er sehr klein geschrieben war, was die Länge des Namens und des dazugehörigen akademischen Titels erforderlich machte.

„Mein Name ist Miltos..."

Weiter kam Miltos nicht, denn die Frau Professor unterbrach ihn sogleich mit einer wischenden Handbewegung und sagte:

„Ich weiß, wer Sie sind; bitte, nehmen Sie Platz!"

Als Miltos der Aufforderung nachgekommen war, fuhr die Frau Professor fort:

„Sie sind also das letzte Opfer der <wilden Hilde>."

Miltos missfiel diese Bezeichnung auf das Ärgste. Es gefiel ihm schon nicht, als Kommissar Nawratil seine Hilli so nannte.

„Sie meinen sicher die Frau Major Hildegard Herrmann", korrigierte Miltos sein Gegenüber, und seine Aversion dieser Frau gegenüber nahm kontinuierlich zu.

„Frau Major Herrmann, Elly Beinhorn, Sonja Henie, Florence Nightingale, Mutter Theresa; suchen Sie sich eine aus!", antwortete die Frau Professor.

„Was soll das heißen?", fragte Miltos und schaute die Frau Professor mit zürnendem Blick dabei an.

Frau Prof. Dr. Schmitt-Beinwell zögerte einen Augenblick überrascht, bevor sie Miltos fragte:

„Hat Ihnen der Herr Kommissar nichts gesagt?"

„Was soll er mir denn gesagt haben?", erwiderte Miltos, dessen Verwirrung immer mehr zunahm.

„Nun, dass Frau Multhaupt unter einer <multiplen Persönlichkeitsstörung> leidet", antwortete die Frau Professor.

„Und wer bitte ist Frau Multhaupt?", fragte Miltos, der jetzt kurz davor war die Nerven wegzuschmeißen.

„Na Ihre Frau Major!"

„Die heißt doch Herrmann", widersprach Miltos verzweifelt.

„Nein, mein Lieber", korrigierte die Frau Professor, *„sie heißt mit bürgerlichem Namen <Veronika Multhaupt> und stammt aus Wien."*

Für Miltos brach gerade eine Welt zusammen. Seine von ihm verehrte und bewunderte Hilli war ein <geistiges Durcheinander>, für welches er die zartesten aller Gefühle empfand, das man <Liebe> nennt.

„Ist es möglich, dass ich sie besuchen kann?", fragte Miltos, *„oder ist das zu gefährlich oder gar verboten?"*

„Weder noch", antwortete die Frau Professor, *„sie würde sich sicher sehr darüber freuen."*

„Hat sie denn sonst keine Besucher?", fragte Miltos mit trauriger Stimme, *„Freunde oder Verwandte?"*

„Nein", antwortete die Frau Professor, *„sie hat zwar Verwandtschaft, die möchte aber nichts mit ihr zu tun haben. Und Freunde wenden sich sehr schnell ab, wenn man seine Persönlichkeit verloren hat."*

„Das ist sehr traurig", sagte Miltos, und die Frau Professor begann Sympathie für den Besucher zu empfinden, dem scheinbar an der Patientin etwas lag.

„Der Herr Kommissar Nawratil kommt sie sporadisch besuchen", fügte die Frau Professor hinzu, *„auch dann, wenn es gerade einmal keinen dienstlichen Hintergrund hat."*

Dann brachte sie Miltos zu seiner Hilli, die gar nicht Mathilde hieß.

Es ging durch endlos lange Gänge, auf welchen einige der Patienten herum flanierten und zum Teil Miltos auch ansprachen.

Die Frau Professor, welcher das Unbehagen von Miltos aufgefallen war, berührte ihn am Arm und sagte:

„Das alles muss seltsam auf Sie wirken; aber keine Angst, diese Menschen wollen nichts Böses."

Wenig später standen sie vor der Tür, hinter welcher sich ein Mensch verbarg, der so große Gefühle in Miltos ausgelöst hatte, und der ein ganz anderer war, der er noch bis vor ein paar Wochen zu sein schien.

****

„Hallo, mein Liebling!"

Miltos war eingetreten in die Welt von Veronika Multhaupt, die er jetzt neu kennenlernen musste.

„Hallo, mein Schatz!"

Miltos wusste nicht, wer die Frau gerade war, die auf Miltos zutrat, um ihm einen Kuss zu geben. Er hatte es daher unterlassen sie <Hilli> zu nennen, war aber über die Maße überrascht, dass sie ihn zu erkennen schien.

„Wie geht es dir, mein Liebling?", fragte Miltos, dessen Gefühle für dieses multiple Wesen unverändert von Liebe geprägt war.

„Soweit recht gut", antwortete Veronika.

Miltos hatte überlegt, wie er seine Liebste nennen sollte, denn er wusste ja nicht, in welcher Figur sie gerade unterwegs war.

Vielleicht als Elly Beinhorn, die als Fliegerin die Welt umrundet hatte?

Als Sonja Henie, die 3-fache Olympiasiegerin im Eiskunstlauf?

Und da waren ja auch noch Florence Nightingale, <The Lady with the Lamp>, eine der Mitbegründerinnen der modernen Krankenpflege und nicht zuletzt Mutter Theresa.

„Du siehst etwas müde aus", versuchte Miltos eine Unterhaltung in Gang zu bringen.

„Das kommt vom vielen Training", sagte Veronika.

„Du machst zurzeit ein Training?", fragte Miltos erstaunt.

„Ja", antwortete Veronika mit einem leichten Seufzer, *„und das schlaucht ganz schön."*

„*Interessant*", sagte Miltos, *„was trainierst du denn?"*

Veronika zögerte einen Augenblick lang mit ihrer Antwort. Sie schaute sich nach allen Seiten um und sagte dann leise, schon fast konspirativ:

„Eigentlich dürfte ich dir das gar nicht sagen; es ist streng geheim."

„Jetzt machst du mich aber neugierig", antwortete Miltos flüsternd.

„Gut, ich sage es dir; aber du musst mir versprechen mit niemandem darüber zu reden."

„Ich verspreche es dir. Ich werde schweigen wie ein Grab", sagte Miltos.

Veronika beugte sich ganz nah zu Miltos und flüsterte dann:

„Ich trainiere für die NASA."

„Für die NASA?", gab sich Miltos total überrascht. Genaugenommen war er das ja auch. Er war sich in diesem Augenblick nicht wirklich darüber im Klaren, was er da gerade machte.

„Nicht so laut!", sagte Veronika, „ich habe es dir doch gesagt; es ist streng geheim."

„Entschuldige bitte, ich bin nur so sehr überrascht", beschwichtigte Miltos.

„Das war ich auch", sagte Veronika, „stell dir vor, ich werde die erste Frau sein, die zum Mond fliegt."

„Das ist ja fantastisch", sagte Miltos, der in das strahlende Gesicht seiner Liebsten schaute.

„Weißt du schon, wann es losgehen soll?"

„Schon sehr bald", antwortete Veronika, „ich muss nur noch ein paar Untersuchungen machen, dann geht es los."

„Ich verstehe", sagte Miltos, „deswegen bis du auch hier."

Veronika schaute Miltos mit ernster Miene an, so als müsse sie nachdenken. Miltos bereute, dass er das gesagt hatte. Vielleicht würde sie ihn jetzt aus dem Gespräch ausschließen.

„Was hast du denn gedacht?", fragte Veronika, „warum sollte ich sonst hier sein?"

Miltos war erleichtert. Es hätte ihm sehr leidgetan, wenn er mit einer unbedachten Äußerung seine Liebste erschreckt hätte.

Ihm wurde in diesem Moment bewusst, wie nah er Veronika war, ohne dass sie das je empfinden können würde.

Tränen stiegen in seine Augen und Veronika bemerkte es.

„Du musst doch nicht traurig sein, mein Schatz", sagte Veronika und strich Miltos über die Wange.

„Ich bin ja bald wieder zurück, und dann machen wir einen langen Urlaub; versprochen!"

„Das ist schön", antwortete Miltos, *„da freue ich mich jetzt schon."*

Es zerriss Miltos beinahe das Herz, und er vermochte es nicht länger mehr auszuhalten.

„Ich muss jetzt leider gehen", sagte er, *„aber ich werde jede Nacht zum Himmel schauen und an dich denken, wenn du auf dem Mond gelandet bist."*

„Das gefällt mir", antwortete Veronika, *„so bleiben wir immer in Verbindung."*

Miltos umarmte Veronika und gab ihr einen Kuss.

„Ich bin müde", sagte Veronika, *„ich glaube, ich muss mich ein wenig hinlegen. Das Training ist doch ziemlich anstrengend."*

Veronika ging zu ihrem Bett und legte sich nieder.

Miltos ging langsam zur Tür und beim Hinausgehen sagte er:

„Schlaf wohl, mein Engel und träume etwas Schönes. Ich komme dich bald wieder besuchen.“

Als er wieder im Auto saß, um nachhause zu fahren, ließ er seinen Tränen freien Lauf.

Er wusste, dass er – wie auch Kommissar Nawratil – immer wiederkommen würde. Nur vielleicht aus anderen Motiven und viel, viel öfter...

****